KB093406

이수복
시전집

이수복
시전집

장이지 엮음

현대문학

〈한국문학의 재발견-작고문인선집〉을 펴내며

한국현대문학은 지난 백여 년 동안 상당한 문학적 축적을 이루었다.
한국의 근대사는 새로운 문학의 씨가 싹을 틔워 성장하고 좋은 결실을
맺기에는 너무나 가혹한 난세였지만, 한국현대문학은 많은 꽃을 피웠고
괄목할 만한 결실을 축적했다. 뿐만 아니라 스스로의 힘으로 시대정신과
문화의 중심에 서서 한편으로 시대의 어둠에 항거했고 또 한편으로는 시
대의 아픔을 위무해왔다.

이제 한국현대문학사는 한눈으로 대중할 수 없는 당당하고 커다란
흐름이 되었다. 백여 년의 세월은 그것을 뒤돌아보는 것조차 점점 어렵
게 만들며, 엄청난 양적인 팽창은 보존과 기억의 영역 밖으로 넘쳐나고
있다. 그리하여 문학사의 주류를 형성하는 일부 시인·작가들의 작품을
제외한 나머지 많은 문학적 유산들은 자칫 일실의 위험에 처해 있는 것
처럼 보인다.

물론 문학사적 선택의 폭은 세월이 흐르면서 점점 좁아질 수밖에 없
고, 보편적 의의를 지니지 못한 작품들은 망각의 뒤편으로 사라지는 것
이 순리다. 그러나 아주 없어져서는 안 된다. 그것들은 그것들 나름대로
소중한 문학적 유물이다. 그것들은 미래의 새로운 문학의 씨앗을 품고
있을 수도 있고, 새로운 창조의 촉매 기능을 숨기고 있을 수도 있다. 단
지 유의미한 과거라는 차원에서라도 그것들은 잘 정리되고 보존되어야
한다.

이러한 당위적 인식이, 2006년 한국문화예술위원회의 문학소위원회
에서 정식으로 논의되었다. 그 결과, 한국의 문화예술의 바탕을 공고히

하기 위한 공적 작업의 일환으로, 문학사의 변두리에 방치되어 있다시피 한 한국문학의 유산들을 체계적으로 정리, 보존하기로 결정되었다. 그리고 작업의 과정에서 새로운 의미나 새로운 자료가 재발견될 가능성도 예측되었다.

그러나 방대한 문학적 유산을 정리하고 보존하는 것은 시간과 경비와 품이 많이 드는 어려운 일이다. 최초로 이 선집을 구상하고 기획하고 실천에 옮겼던 한국문화예술위원회의 위원들과 담당자들, 그리고 문학적 안목과 학문적 성실성을 갖고 참여해준 연구자들, 또 문학출판의 권위와 경륜을 바탕으로 출판을 맡아준 현대문학사가 있었기에 이 어려운 일이 가능하게 되었다. 이런 사업을 해낼 수 있을 만큼 우리의 문화적 역량이 성장했다는 뿌듯함도 느낀다.

〈한국문학의 재발견-작고문인선집〉은 한국현대문학의 내일을 위해서 한국현대문학의 어제를 잘 보관해둘 수 있는 공간으로서 마련된 것이다. 문인이나 문학연구자들뿐만 아니라 더 많은 사람들이 이 공간에서 시대를 달리하며 새로운 의미와 가치를 발견하기를 기대해본다.

2009년 1월

출판위원 염무웅, 이남호, 강진호, 방민호

이수복 시인은 1955년 문단에 데뷔한 이래 30년 가까이 시의 현장에 머물며 주옥같은 서정시만을 남겼다. 생전 단 한 권의 시집 『봄비』(1969)만이 있을 따름이다. 『봄비』 간행 이후에도 줄곧 펜을 내려놓은 일이 없었건만 두 번째 시집을 엮지 못했다. 그래도 사람들은 "이 비 그치면/내 마음 강나루 긴 언덕에/서러운 풀빛이 짙어오것다" 하는 「봄비」의 구절들을 잊지 않았다. 그는 「봄비」 한 편으로 이미 '역사'가 된 것이다. 생각해보면 놀랍고 가슴 벅찬 일이다. 그 사람의 인생 자체가 몇 줄의 시로 회자된다는 것은 어떻게 받아들여야 할 것인가. 그것은 우리 범인凡人들이 보기에는 영광이었지만 시인 당자에게도 그랬을까. 하물며 그 몇 줄의 시가 시단에 발을 내딛는 첫 일성이었다고 한다면 어떨까, 그것은 시인 당자에게는 너무 서글픈 영광이 아니었겠는가.

어떻게 보면 마음 한가득 세상에 대한 원망의 마음도 생길 법한데 그는 묘하게 맑고 섬세한 서정을 오롯이 지켜냈다. 그 서정의 세계로 1950·60년대 가난한 시절을 넘어왔다는 것은 하나의 경이처럼 느껴진다. 누군들 그 어려웠던 시절을 평탄하게 넘을 수 있었겠는가. 이수복 시인은 생활고의 어두운 비명 한 마디 없이 먹먹하게 "꽃그늘" 같은 것에나 눈길을 주며 일평생 "낮달"처럼 희미하게 우리들 곁에 머물렀다. 한국인의 정서 생활의 중핵이 바로 그런 곳에 있었다고 할 수는 없을까.

『이수복 시전집』을 엮어 내놓으며 만감이 교차한다. 이수복 시의 전체상이 눈앞에 펼쳐지자마자 1950년대 전통 서정이 같은 연대의 모더니즘처럼 1930년대의 연장선상에 있다는 것이 어느 때보다 선명하게 드러나 보인다. 김영랑 시의 전형적인 한국 시골의 풍경, 이를테면 돌담길과 장독대와 갖가지 색감의 꽃송이들이 눈앞에서 파노라마처럼 펼쳐진다. 섬돌 위에 옥색 고무신이 놓여 있고 그 아래 돌 그늘에서 귀뚜라미가 숨어서 우는 정경도 영화의 한 장면처럼 선명하게 떠오르는데, 그것은 이수복 시인이 새롭게 포착한 또 하나의 전형적인 시골의 풍경, 마음속 고향의 모습이다. 그의 '그늘'에서는 1920년대 김소월의 '음영론'(「시혼」)이 조금씩 번져 나오는 듯도 하다. 또한 1950년대 전통 서정시가 그동안 우리가 생각해온 것보다 더 미묘한 지점에서 더 다양한 지류들을 거느리고 있었음도 그의 시를 보며 새삼 확인할 수 있다. 이동주의 풍속과 풍류, 구자운의 도자기 취향, 김관식의 유가·도가 사상, 박재삼의 서민적 정한 등이 이수복 시인의 기질적 우수와 세정의 세계와 동일 선상에 도열해 있다는 생각이 든다.

이수복 시인의 시에 남아 있는 사어들과 지방색에 가려 이해하기 까다로운 시구들을 매만지며 이런 것들을 지금 정리해놓지 않으면, 다음에는 그의 시를 이해하기가 더 까다로워지겠다는 인상을 받았다. 비단 표현에서만이 아니라 그의 시에 담긴 한국인의 정서 생활도 현대의 독자들에게는 점점 낯설어질 수밖에 없다는 생각이 들어 괜히 마음만 분주했다. 이제 『이수복 시 전집』이 세상에 나와서, 우리 현대인이 자연과 더불어 어려운 시절을 견디고 넘어가는 지혜의 조그만 움직임들도 더러 그 속에서 발견할 수 있게 되어, 우리 세대에서 그 기억의 유산이 다 탕진되지는 않게 되어 안도의 한숨이 나오는 것을 어쩔 수 없다.

한국문화예술위원회가 우리 시대의 숨은 정전을 발굴해내 다양한 문화를 보존하고 계승할 수 있도록 〈한국문학의 재발견-작고문인선집〉을 기획하지 않았다면 아마도 우리들이 이수복 시인의 섬세한 서정시를 다시 보는 데는 더 오랜 세월이 걸렸을지도 모른다. 그리고 이 뜻 깊은 사업을 현대문학사가 선뜻 맡아주어서 얼마나 다행인지 모르겠다. 현대문학사가 1955년 이래 반세기 이상 우리 문학사에 끼친 문화사적 공헌도 기실 1955년 《현대문학》을 통해 등단한 이수복 시인으로부터 논의를 시작해야 마땅하다는 점에 있어서도 이 작품집의 간행이 지니는 의미는 남다르다. 여러 모로 까다로운 편집 작업을 성심성의껏 도와주신 현대문학 편집부 여러분께 마지막으로 고개 숙여 감사의 말씀을 전하고 싶다.

2009년 1월
장이지

1. 이 작품집은 이수복 시인이 발표한 모든 시들의 발굴·정리를 목표로 한 시전집이다. 시집의 수록 순서는, 제1부는 시집 『봄비』(1969)에 수록된 시들을 원 시집의 순서대로 수록했고, 제2부는 시집 『봄비』에 수록되지 않은 시들을 작품의 발표 순서대로 실었다. 제2부는 『봄비』를 엮으면서 누락된 1950, 60년대 시들과, 『봄비』 이후 시집으로 엮이지 않은 시들로 구성되어 있다.

2. 이 작품집의 표기법은 현행 한글 맞춤법과 외래어 표기법에 의거하였다. 단 시인의 시적 의도를 손상할 우려가 있는 경우에는 예외를 두었다.

3. 원문의 한자는 되도록 국문과 병기하되 시의 맥락을 이해하는 데 문제가 없는 경우에는 국문으로 바꾸어 썼다.

4. 명백한 오식은 바로잡은 뒤 각주에서 밝혔다. 그 외에 별도로 설명이 필요한 부분에 대해서도 엮은이가 주석을 달았다. 작가의 주석은 엮은이의 그것과 구분하기 위해 '원주' 표시를 했다.

차례

제1부_ 봄비

제2부_ 낮달

제 1 부 봄비

실솔蟋蟀

능금나무 가지를 잡아휘이는
능금알들이랑
함께 익어 깊어드는 맑은 햇볕에

다시 씻어 발라매는* 문비門扉 곁으로
고향으로처럼 날아와 지는……
한 이파리 으능잎사귀**

―깊이 산을 헤쳐오다 문득 만나는
어느 촉루髑髏 위에 신기蜃氣 하는 아미娥眉와도 같이
자취 없이 흐르는 세월들의
기인 강물이여!

옥색 고무신이 고인 섬돌 엷은 그늘에선
질질 계절을 뽑아내는
작은 실솔이여.

* 나뭇가지를 엮어 풀리지 아니하게 동여 묶음.
** 은행잎.

외로운 시간

익는 햇살을 뒤에 받으며
엷은 음영을 던지고 서선
산국화야,
천년 말없는 바위와 뭘 하느냐.

저— 아래
한여름 유성들이 날아 묻히던 빈 골짜기가
금방 천둥 울듯 뒤시일* 성싶어져
간절한 애끓음이여.

돌아다보면
구름처럼 일렁이며, 타는 산 산들을 흐르는 너의 체취를 밟고
살아오는 눈, 옥빛 고무신 신고
걸어오는 눈…….

그를 여의고 오늘토록 기대일 데 없는 내 마음에
너릿너릿 흔들리는 네 몸짓만 청초하구나

| * 뒤집어질

16

석류

안엣 것이 차고 넘칠 때
은은히 들려오는
동트는 반향……
두드리는 소리.

옆구리가 쩌렁 빠개어지는
결단성 있는 멋이여
새론 내디딤이여.

첫여름 진초록이
바다처럼 출렁대다 켜놓은
석등 뒤에
석류꽃이,

불룩 불러 오르던 풋풋한 아랫배가……

날개를 못 가지는 육체 안에다
꿈을 가꾸는 묘한 솜씨가
홍보석을 질러놓고
순광純光으로 굴절시키다.

모란송頌 · 1

아지랑이로, 여릿여릿 타오르는
아지랑이로, 똥 내민 배며
입 언저리가, 조금씩은 비뚤리는
질항아리를…… 장꽝에 옹기종기
빈 항아리를

새댁은 닦아놓고 안방에 숨고
낮달마냥 없는 듯기*
안방에 숨고.

알 길 없어 무장 좋은
모란꽃 그늘……
어떻든 빈 하늘을 고이 다루네.

마음이 뽑아보는 우는 보검寶劍에
밀려와 보라〔飛泡〕치는
날빛 같은 꽃.

문만 열어두고

* '듯이'의 전라도 사투리.

한나절 비어놓은
고궁 안처럼

저만치 내다뵈는
청잣빛
봄날.

모란송 · 2

내 마음에
오실 제는
초록 청청
제비 날고.

슬프던 눈
눈물 빛나고
슬프던 밤
목요일의
화사한 모란꽃 그늘.

오, 오정 타고* 오실랑가
창窓을 닦는…….
일가음**이
골똘히
열심熱心 내고.***

아내 두고, 나는

* 점심시간을 이용하여. 여기서 '타다' 는 '기회를 포착하다' 나 '때를 이용하다' 의 의미임.
** 일가음 日加陰: '해가 움직이면서 더해지는 그림자' 를 뜻한다.
*** 따라서 이 구절은 시간가는 줄 모르고 열심히 창을 닦는다는 의미다.

잊고 있는
독신자
자식 두고, 나는……

진감震撼 주곤
먼 우레로 멀어져가며
부신 빛발치는
빛자욱에…….

소곡小曲・1[*]

예닐곱 송이

백합꽃 피는

공일날 아침

공기도 참 맑네!

제비들 날고,

체 기인 화장경化粧鏡 안의 아내를 멍멍히 보단

거울에다처럼^{**}, 잘 닦이인

거울에다처럼

어릴 제 담아두곤 잊었던

* 원제는 「소곡小曲」.
** 거울에다 담아둔 것처럼.

맘을 구는*** 그 세찬 바다가

되풀이를 도네, 오 오 오 다시 즐거운

되풀이를 도네. 그날 날던

바다제비도

꽃구름도 도네.

*** 구르다. 밑바닥이 울리도록 발을 내리 디딤. 혹은 굴러다님.

눈을 감고

홀 홀
호롱불
내걸리는 도리 기둥……

울파주* 밖으로 물러서는
유柔한 야색夜色.

장꽝 모롱이엔
다홍 분꽃

이슬에 함초롬
깜박이고

정적이 산사山査처럼 상긋한** 삼경.

유성 날아나간 뒤면
별들은 행결*** 멀어져가도

* 울타리.
** 맑고 향긋한.
*** 한결.

가만히 눈 감으면
자그마니 우주가 내 안에서 돈다.

포도

포도한테서는
이제 마악 소나기 개인 뒤
멀리 건너가는 우레소리가 들린다.

연꽃봉오리가
못물에
망울지듯이

흐린 더위를 숨 속처럼 헤치고 나온
포도한테서는
바다를 솟구쳐 올라오는 해녀의 육체가 뵌다.

포도는 하냥
숙어내리는* 예지에 깊다
외롭고 고달플 제
내가 한철 쉬어가는 그늘…….

포도한테서는
달빛에 젖은 옥토끼의 기쁨을 받는다.

---

* 포도송이나 넌출이 아래로 드리워진 모습.

미명

소슬히 살고 있는 참한 시심詩心을
소금인 양 맛〔味〕 내주는
미명의
창窓
빛.

고샅길엔
대〔竹〕를 휘며
눈이 오는데…….

창은
본 것 들은 것, 주무른 것을
어둔 해저에다 다 참아두고
머리맡에 밀물 들며
지새는 신기神器.

지하수 눈빛.

샛맑은 오월 아침 피는 백합
꽃. 서걱이는
꽃구름

겨울

새끼손가락으로
두 귀를 막고
지지징징징……
징 울리는 혈조血潮의
발언을 듣는.

퍼덕이는 숯빛
포장. 눈보라에 숨어
노을처럼 고이는
노을빛 술 항.

설청雪晴. 햇볕 넘쳐흐르는 창 옆에다가
사온일四溫日의 창 옆에다
수선水仙을 두고
새알을 비춰보다
기러기를 울리다…….

밀알들과 빈 들은
눈으로 덮고
눈 산들 넘어다는'
바다를 붓고.

마지막에 열 줄의 혼을 위하여
종鐘처럼 얼 얼 울릴
시를 위하여
밤이 길사록**
깊어드는 마음…….

<hr>

* 너머에다가는
** 길면 길수록.

꽃씨

가장 귀한 걸로
한 가지만 간직하겠소
그러고는 죄다 잊어버리겠소.

꽃샘에 노을질, 그
황홀될 한 시간만 새김질하며
시방은 눈에 숨어 기다리겠소.

                    *

손금 골진 데 꽃씨를 놓으니
문득
닝닝거리며 날아드는 꿀벌들……

다순* 해
나래를 접고
향내 번져 꿈처럼 윤 흐르는 밤…….

| * 따스한

무서움

오-랜 사원의 긴 낭하에서처럼
흑단빛 벽시계가
춘분의 열두 점을 깊이 울린다.

참새만 두세 마리 날아나갔을 뿐
아직도 희멀겋기만 한,
밋밋한 하늘 밑인데

(바늘 끝을 꽂으면 쩌릿…… 핏방울이 아니 맺힐까)
홍도紅桃나무 가지마다
젖꼭지 같은 꽃 움들을 담뿍 실었다.

봄물이 먼 연만連巒의 분수령을 넘듯
마을에선 낮닭들이 울어오는 한참,
나에게 새삼 죽음보다 무서운 탄생을 일깨운다.

화해

—석류꽃에 부쳐

갈매기구름 거느리고 날아드는
무지개 나라 여인들은
향기론 핏줄들이 모여서 켜 놓은 토끼눈같이
고운 산호를 따 물곤 떠나가곤 합니다.

(어쩌면
눈이 청대들을 휘던 지난겨울 어느 한밤을
번득…… 날아옌* 외기러기 찬눈 묻은 외마디 울음이
지레 주름잡아둔 시상詩想일지도 모릅니다)

영롱한 꽃열매 뚝…… 뚝…… 망울지는 게
지하에는 정녕 어느 너그러운 가슴 있어 숨쉬나봅니다.

* 날아올라 옮.

무덤과 나비

돛단배도 돌아가는 데
돌머리〔峰〕후미진 곳
창랑은 나뭇가지처럼 내흔들리고
밤이면 은한강銀漢江 흘러내리는 하늘만이 연푸를 뿐.
여기 그리움에 겨워 나달려온 먼 산山가슴에는
무덤 하나이* 아기모양 안기어 자고
무덤 앞엔 호접이 날아 앉는다.
정녕 고운 임 보는 꿈이 꽃향香 지어 풍겨 오르는가!

---

* '하나—ㅣ'에 주격 조사 '-이'가 붙음. 현대어로는 '하나가'가 맞지만 이 시는 예스러운 분위기이기
때문에 원문을 그대로 썼다.

무등부無等賦*

한 백 년을 살아가보듯이
무등산을 떠나서
한 백 리쯤 걸어나와 돌아다본다

가리고 가리우는** 참 많은 산들을
너그러이 굽어보는
맑은 이마를…….

영원이란 가까이서는
매양 평범할 따름
우리들의 시력은 그만큼 쩌른*** 것이다.

저 무등보다 더 큰 가슴의 시인이신
서정주 님은
저 무등 기슭에 없는 듯기 가리워서
옛 스님네의 끼치신 조촐한 내음새도 가려 모우며,

　'청산이 그 무릎 아래 지란을 기르듯이'****

* (원주) 미당 서정주는 6·25 동란 중에 광주 무등산 기슭에서 한 해 남짓한 세월을 보낸 일이 있다.
** 전망을 가로막는.
*** 짧은.
**** 서정주의 「무등을 보며」 중 일절.

34

혈속血屬들의 어지러운 세월들 안에서도
넘치도록 꽃향들을 길러오시더니라.

한 천 년을 살아가보듯이
무등산을 떠나서
한 천릿길 돌아나와 그 님의 시를 외우자.

꽃상여 엮는 밤

인경을 걸어매고 슬픔에 영롱한 야삼경
골짜기에서는 쑤꾸기*가 울어
베옷 입고 숨어 울어.

두메마을 뉘 집 문전에는
내어걸린 초롱불빛이
희부여니 물살을 일고

화톳불이 날아올라 눈물 어린 별에 젖어 사위는 마당
골짜기에서는 쑤꾸기가 울어
애처로이 숨어 울어.

찌는 물기 뿌리치며 뿌리치며
물동이를 길러 이고 거르막을 들어서며 웃는 꿈을
소스라쳐 깨나

비 맞는 촉규꽃**에 가슴 적시던
하늘빛 도라지꽃

* 뻐꾸기.
** 접시꽃.

도라지 꽃빛 닮은 딸아이를 외우는 육성…….

서언한*** 눈자위
쩌른 목숨
초사흘 달처럼 걸렸다 넘어간
안쓰러운 살눈썹****…….

들마을 수하리에선
새삼
닭 울음이 밤을 잦추고

문밖에서는
내어걸린 초롱불빛이
희부여니 물살을 일어…….

*** 눈앞에 암암히 보이는 듯한. 선한.
**** 속눈썹.

동백꽃

동백꽃은
훗시집*간 순아 누님이
매양 보며 울던 꽃

눈 녹은 양지 쪽에 피어
집에 온 누님을 울리던 꽃.

홍치마에 지던
하늘 비친 눈물도
가녈피고** 씁쓸하던 누님의 한숨도
오늘토록 나는 몰라……

울어야던*** 누님도 누님을 울리던 동백꽃도
나는 몰라
오늘토록 나는 몰라……

지금은 하이얀 촉루髑髏가 된
누님이 매양 보며 울던 꽃

*후살이.
**가냘프다.
***울어야 했던.

빨간 동백꽃.

창

태풍 부는 날은
뜨락에서 수목들이
손 흔들며 울고

떠나가는
고물〔船尾〕에서
손 흔들며 울고

구름이 파고드는
하늘도 울고
땅도 울고

태풍 부는 날은
시달리는 수목들이
부두에서 울고

물결치는
고물에서
손 흔들며 울고
후둑후둑
빗발들이

달려가며 울고

봄비

이 비 그치면
내 마음 강나루 긴 언덕에
서러운 풀빛이 짙어오것다.

푸르른 보리밭길
맑은 하늘에
종달새만 무에라고* 지껄이것다.

이 비 그치면
시새워 벙글벙글 고운 꽃밭 속
처녀애들 짝하며 새로이 서고

임 앞에 타오르는
향연과 같이
땅에선 또 아지랑이 타오르것다.

| * 무어라고.

……아려 옳다 자다

대大 전돗부인* 아주머니의 성씨는 대씨大氏,
수척하나 미간에 주름은 아니 잡힌…….
대 전돗부인 아주머니의 영감님은 평생을
카랑카랑 굶주리면서도 한시를 썼다.
(시방은, 죽은 사람들이 말짱 덜 넘어가 살고 있다는 잔등 너머 공동묘지
—저 불매不寐의 꿈나라에서
할미새나 듣노라며
소일하지만)

대 전돗부인 아주머니는 결곡하여 여념이 없다
천국 끝서 이따금씩
마른 막대기와 밀회하는 미몽 말고는…….
금요일의 해질녘을 심방** 돌고, 돌아와
발바닥에 못질하는 티눈이 아려 옳다 자다

---

* 부인 전도사. 성씨가 '대大씨' 이기도 하지만 풍자적으로 '위대한' 이라는 의미도 포함하여 '대 전돗부인' 이라고 함.
** 방문하여 찾음. 전도를 위해 돌아다니는 것.

풍우석風雨夕

풍우風雨는 라일락의 팔을 끼고 열광인데
잠든 그의 낯으론 보던 석간지가 잎처럼 졌다
요금을 높인 전업회사가 불을 그만 거두어간 뒤
천둥치고 벼락불 휘갈기는…… 깜깜한 방

잠잠한 낙엽 밑에선 허연 이 영원을 웃다.

MOSAIC 작업

아리랑…… '아리랑사진관' 뾰죽헌 지붕 끄트리* 반딧불빛 나비치는
눈방울 방울에 잘은 아니 뵈나 한 머리 재래종 흰 수탉의 목을 잦히며 쩍
벌리는, 이 상앗빛 부리랑 튼튼헌 두 다리의 며느리발톱, 그리고 설설 뒤
끓는가 그을음 피는 벼슬의 원색을, 동짓날 정오 영하의 짙은 잿빛 허공
에다 발기발기, 주사朱砂처럼 짓이겨 불태우기 위하여서는 먼저 세월을
호곡하는 작은, 이 명금류의 비장조調 성댈랑 싹둑싹둑 가위질 쳐 없애
버리지 않고서도……?

* 끝. 가장자리.

그 나머지는

내 시는 왜 노을에 비끼는 고원지대를 노을에 비끼는 고원지대 그것으로서만 서경敍景하지 못할까. 거기에다 왜 무슨 천고의 비밀이라도 쭈굴시고* 앉아서 새김질하고 있는 듯한 스핑크스나 그런 류의 저무는 표정을 새기려고만 들까.

내 시는 왜 자강불식 돌고 있는 해와 달과 뭇별을 자강불식 돌고 있는 해와 달과 뭇별 그것으로서만 듣지 못할까. 왜 내외로 있는 여러 일을 내외로 있는 여러 일 그것으로서만 끄덕이고 그 나머지는 잠잠해버리지 못하는 걸까.

| * 쭈그리고.

황토산에서

다문다문 다박솔 남구나 뿌리박고 사는 황토산이다마는 그런대로 황소라도 쭈굴시고 앉은 듯한 순한 기상이다.

이마 우에는 온갖 이해력을 지니는 마음씨와도 같이 하늘이 너르고 치우침이 없는 일륜日輪이 돌아가느니, 사람이 고루어 길러가얄 것은 다만 어루만져주는 혼뿐일 게다. 그러면 미구에 우리에게 노년이 오롯,* 청송에게는 필경 천 년이 오고 말 것이니까……

참말로 솔을 도륙하고 여윈 건 솔새며 솔바람뿐이 아니니, 신운 없는 세월들의 죽은 천 년이여.

* 고요하게. 쓸쓸하게.

시혼詩魂

VO·········
뱃고동소리.
모퉁이의 밤물결을 박차고 항행하는
디젤기관차의.

목포항은 멀고
부산이 해도 위에 가마득히 짚이는,
여기
바람 드센 내륙 항만

의 한 밤.
갈매기 나래 깃에
활활 타는
시혼

사철나무 열과裂果

들에 따사로운
십이월을 가는 햇발, ……
귀한 인정 같은.

사철나무 열과
불싸라기들,
입술연질 안으로 짓이겨 찍는
으스스……
훗한* 진사辰砂.

* 외로운, 쓸쓸한.

깊숙한 품속 같은

밤새도록
불춤 추다 온
흰 눈은
원숙하는 먹포도의
열광 지닌 눈.

아전雅典 어느
체육괄 졸업한 양감 많은 설부雪膚며
통기치는* 유방의 언저리서는
날개 치며 새실대는 이쁜 아이들……
날개 치며 새실대는 이쁜 환상의.

등신대의 체경은
질질, 실솔이 실 잣던 벽에 걸린 채……

10지 깍지 끼어 뒷머릴 받고 앉아
대리석 조각같이 기지개 켜는, 체 기인,
허리 밑 둥근 허벅지의
―더운 지중해의

| * 두근대는. 가슴속이 자꾸 뛰는.

기쁨과 슬픔보다 많은 전체의
분별없는 신음이여.

응집도 채 없는 나의 발자욱도 있는
오고, 가는 길
양감 많은 설부를
포도더미처럼
질끈 으깨고픈 충동을 술 익힘이여,
숯빛
깊숙한 품 같은 겨울에 안겨

하 아까움이여

악하대서 그대가 밉다는 말가?*
뿌리박지 못하고 편력을 계속해온, 나의
숱 많은 사랑들은
깡그리 나의 하얀 육체의 풍만쯤 점령했건만……

악하대서 진정 그대가 밉다는 말가?
앵속꽃으로 꽃피지 못하는
그대의
오 짙은 악성惡性이, 하 아까움이여.

새까만 선글라스를 껴요
그리고 하염없이 붐비는 내 마음 로터리에 목 받고 섰다
도는 백차白車 속 핏기 죽은 수뇌부를 저격하라고.
오 짙은 악성이, 하 아까움이여.

* 말인가?

장미가 말없이 붉게 피게

사랑한다는 말은 가슴 밑에 끝내 묻어버린 채 가,
아무도 이뻐하잘 게 없다고
신경에 가시처럼 쥐가 나는 자정,
모조리 내주라며 번득 천둥 쳤던가
장미가 말없이 붉게 피게—.

불씨 묻듯 끝내 묻으면서만 가,
어쩌다가
사람 사이에만 고이 신기蜃氣 하는
이 정체 모를 열기일랑은.

못미더워 동토처럼 식은 가슴들이라거니……
늙기 싫어 몰래 화장하는 눈은
하릴없이 '지평地平을 아물' 지언정
사랑한다는 말은 붉게
내 가슴에 회한의 불씨나 묻게

4월 이후

붉게붉게 피는
꽃들을 대할 제면
이글이글 타오르는
아침 해를 대할 제면
가뭇없이 슬어지는* 내 꼴을 본다.

꼭 하나뿐인 목숨을 터쳐
푸르디푸른 목숨으로 바꾸어
미천한 나한테 자유를 준……
저 거룩한 불길 앞에서
대열 앞에서.

* 슬퍼지는.

살아나가는 동안

언덕을 넘어서면
은은한 메아리로……
부재를 가슴하고* 울렁이는 종소리를
바다가 사랑하여 뒤치락이고,

동백꽃 닮은 네 마음의 불씨를
부쳐** 꽃피우는
파란 바람결을 내가 사랑함도

살아나가는 동안
아름다움이
공기만큼은 있어야 하기…….

그러게, 흰 구름 기슭을 넘어
플라타너스는 정정히 자라 오르고
들샘물론, 한밤
뭇별이 날아 잠기는 거지.

---

* 가슴 아파하며.
** 심정을 의탁함.

시방, 많지 않은 뜨락에 해바라기들을 가꾸는 딸애는
살눈썹이 길숨***한 게
초승달에 젖는다

—포도 익을 무렵
갈 소나기 지난 뒤
깊어드는 햇볕을 빨아들일
딸애의 살눈썹이……****

*** 길쭉한.
**** 이 시의 마지막 행은 《현대문학》(1961.1)에 발표된 것과 시집 『봄비』(1969)에 수록된 것이 확연하게
다르다. 《현대문학》에 실린 「살아가는 동안」의 마지막 행은 다음과 같다.
　　—포도葡萄들 익을 무렵/소나기 개인 뒤/멀리 건너가는 우뢰소리를 들으며,/젊은 '사자獅子의 구레
나룻'을 탐할/딸애의 살눈섭이……

영춘부 迎春賦

돌이켜보면 큰 전쟁이나 난리 말고도
지뢰선 내외를 백치처럼 밟곤 했구나
끄슬린 손바닥으로
모가지가 상기 붙어 있는 언저리도 만져보다가
재灰가 앉는 머리빡도 뜩뜩 긁어보다가

눈에 깊은 두메 가잿골
나는 미련하디 미련한 한 마리 곰이거니*
(역겨운 두견꽃이여……)
꽃빛 혀로 싹싹 발바닥도 핥으다가
통째 구워 뜯어먹고 났을 때처럼
기름 묻은 죄업을 다시 입맛 다시며
눈 궁게** 굶주린 사나운 식욕으로
3월의 젖무덤을,
구릉같이 육박해오는 허벅지를……

배가 부르면 졸음은 으레 뒤따르는 것
저 재를 털고 깨어난 새처럼 깨어, 난

* 최초 발표 시(《현대문학》, 1963. 3.)에는 "미련하디 미련한 곰이 되어" 였다가 『봄비』 수록 시 개작함.
** 잔뜩 궁상이 끼어서는.

철인哲人의 돌로 양지 쪽에 앉아서
머리빡을 긁다가 모가지를 만지다가
반만년을 견디고 온 발바닥을
곰처럼 곰곰 핥으다가……

돌이켜보면 큰 전쟁이나 난리 말고도
지뢰 묻은 치안지대 한 치 내외에
나는 있었구나, 있어…….

정을 놓고서

오전 영시의
삼림과,
저만치
상거相距하고서…….

소음
쓰고
곤하던
눈이
찾아낸
돌의
입
언저리.

누룩 묻은
수평의
선율
타는
손,
정을 놓고서…….

소상塑像

I

재생 흰 고무신은
물론
내의마저
벗기고,

짜임새라고는
별나게는 영성한*
봉산
탈춤
의 여운……

이 여운이 암시 주는
가면을 벗기고,

표피도 벗기고
진피도
떠 벗기고,

---

* 수효가 적어서 보잘것없는 것을 일컫는 말. 문맥상 '엉성한' 이 더 어울림. 시인의 착오임.

쑥 뽑아 세우는
모가지 위에다는,
유문幽門**으로 통하는
장腸, 장은 아니,
주름 숱한
뇌부를
얹고,

……광대뼈는
들어
별도 아닌
구름도 아닌
별을 비껴 누累 억광년 상거
붕정鵬程 장공을,
학이 날으는…….

이
깜깜 무애無涯를 빛처럼 캐며
안으로 꿀벌 치는

| ** 위의 말단부. 십이지장에 연결된 부분.

초상을
쪼고.

II

이번 출품할 때는
지치잖고 밀고 나갈
팔과 다리와……

햇대추 빛 근육을 쪼아내고야,
새 언어
역학力學에 자양된…….

꽃잎. 꽃잎. 꽃잎.
섭리 좇아 웃고 비끼는……
대리석 파편이 꽃잎처럼 져
땅에 도로 스미면서야

돌을
뚫고

온
저음의
등신대
영웅,
'말'을 안 타는…….

제2부 낮달

꽃의 출항

두드려보는 것만으로는 채워지지 않는 것
사뭇 휘저어버리고픈 패역기질 같은 것이
빛깔로 전신하연 우는 겔까……

참말만 피 뱉던 어눌한 혀가
거짓말을 들이켜곤
술 취함일까…….

빈 궤를 갉아 뚫는
희고 꽝꽝한 쥐 이빨 모양
이마가 깎이도록 뚫고 오른 하늘 밑
―굳어든 평지를,

(봄바람은 무가巫家집 첫닭 같은 넋두리)
누룩 먹는 꿈들이
꽃이 운다.

《현대문학》, 1957. 6.

길

　길은 망설이는 손을 들어 무애無涯를 가르쳐 보여준다. 나는 홀연 밑
모를 구렁 꼭대기에 나귀를 타고 떤다. 그리고 '더 가야 한다'는 내 안의
말씀이 '태초'처럼 차가움을 깨닫는다. 인제 나는 믿을 소린지 못 믿을
소린지 모를 빈 기원을 육성으로 뇌는 것이었다…… '나사로를 두고 온
시간 너머로 한 번만 더 돌려보내소서 돌려보내소서…… 셀라'

《현대문학》, 1957. 6.

구름

일었다는 슬고*
일었다는 슬고 하며
빈 마음을 고요히 떠 흐르는
상념들처럼

생성의 무더움을 치르고 난, 가을 하늘을
끊이락** 이락 떠 흐르는
숨결 구름들…….

무얼
만들어보단 만들어보단 쉬는
골똘한 눈빛처럼

재던 일손 멈추고
골똘한 눈빛…….

인제는
지열을 짓깔고 서서 뒤집혀쌓는

* 사라지고.
** 끊어질듯.

바다의 몸살이 아니라,

깊이 모를 자아와…… 자아를 쏘고 치고 쏘고 치고
부서지는 물결의 표상.
─돌아앉는 바위의 부정否定이 아니라,

더듬는 손길에 만지이는***
밤중 얼라****의 알빛 이마며 볼이며
손목 발목이며, 숨 고른 소리며 들처럼

가장 깊은 곳을 건드려주는 절실함이여
오묘한 흐름이여.

*** 만지게 되는.
**** '아이'의 사투리.

황국미음黃菊微吟

국화꽃은
다수운 입김 같은 노오란 꽃은
인제 우리가
양지볕이 아쉬울 때 다시 알아질
그런 믿음에서 한 잎씩 핀다.

모오두들
제멋대로 맘먹다는 돌아가버린
제멋대로 해석하단 뿔뿔이들 헤져가는
숱해* 마주쳐온 죽음 앞에 서서
다수운 눈짓처럼 한 잎씩 핀다.

국화꽃은
다수운 눈짓 같은 노오란 꽃은
추려내다 추려내다가 하여 마지막에는
마지막까지 애껴온 이 한 말씀을
다시…… 밤을 울려나가는 심장에다처럼
파묻고 잠잠헌 미소 같은 것
꽃씨를 묻고, 긴 겨울밤내 꽃씨를 묻고

* 숱하게.

청잣빛 봄하늘의 우래를 묻고
주림보다 강하게 끓어오르는
풍랑보다 거세게 휘몰고 오는
더운 꿈을 안고 한 잎씩 핀다.

《현대문학》, 1959. 1.

융동십사행隆冬十四行

조심성 많게 커 오르는
눈 맞는 동백나무 밭에 동백나무 되어 섰노라니
문득, 어저께처럼 지나간 지난날에
풀리는 강물 저편 언덕에다가
던진 돌팔매들이 독도구르르 가 닿던 일이 회상된다……
'눈발이 이마에 와 닿는 때문일까
아니라면 달세계까지 포탄이 질러갔다는
오늘의 대大 뉴스를 들은 때문일까'

아무려나* 시방의 나에게는
투박한 저 줄기와 성 센 여러 가지들과
양지볕에 반짝이는 잎새들로 구상構想는**
싱싱한 이곳 사촌이 보다 가까워서
바람 쏘고 어이는*** 언 밤을 넘어
돌부리를 거머쥐고 다시 뻗어나릴 나무뿌리라…….

《현대문학》, 1959. 7.

---

* 원문에는 "아무러나"로 되어 있으나 이는 오식임.
** 구상되는.
*** 어떻게 해서는.

가을에

시운詩韻으로 참한
반발. 허탁* 이름 다는 게 영 싫어
돌문 닫고 안으로
일렁이는 구름…… 돌

돌로 새워온 밤들.

아름답고 힘진 걸로만 골라
젊은 나무 곁에 나무처럼 심어두고
불을 끄면
창에 찰싹 날아와 박히는
맑은 별들.

보리누름의 아침 코피랑
맑히고 난 뇌염을
헤아리다가

돌아간 아버지가 쪼아 세운
돌때 끼는 석등에다

*아무렇게나. 함부로. 허투루.

불 켜놓고, 들어와 묻은
소파 안의 부재…….

《현대문학》, 1959. 10.

바다의 율동

겨자씨를 되려 미분하며 있는
비좁은 나의 신앙을
격랑은 바위를 치듯, 치고 부서지고⋯⋯.

동학하던 사십 대 조부의 괴롬이랄까
새로이 고루이는* 거친 영혼이여
칠월 늦게 배를 풀고
바다는 후복後復을 앓는다.

심장 하나로만 어둠을 가늠하며**
심장으로 묻다가, 그것은
주主를 거사리고 키를 거머쥐는
우람한 팔뚝이여
불안한 향방向方이여

말곳말곳 별들 맑는 자정—
오 오 오 오 오
되풀이 되풀이하여 노래 불러 무장*** 깊어드는

---

* 괴로워지는.
** 헤아려.
*** 갈수록 더.

무궁한 음악이여

《현대문학》, 1962. 9.

황소 사설蝸牛辭說

파리 떼가 엉켜 붙어
짓무르도록 눈곱을 빨고 물건만
눈 딱 감고 엎져서 반추만을 멍청히 허고 계시는
저 아제비는,

심야에 들어와 간부間夫 품에 즐거운 미운 연놈을 한칼로 썩
—허리에 장검 대신 청을 처로이 뽑던
푸른 동해 왕자님의 옛 음률이라도 고르시는가
황토산마냥 순하디 순하게 등이 휘인
저, 우리 아제비는……

수數관념이라곤 없이 인정만 숱한 아제비의 인정을 틈타
넘보고 들왔다 능청맞게 물러서는
상대上代적 저 역신이라도 몰아 쫓는가.

휘영청 십팔 만호 기왓골을 비쳐 흐르는 밝은 달 대신
진땀 빚는 삼복, 죽음의 재 날리는 오늘의 불태양 아래서
설설이* 쫓겨가며 춤추었다는
저 역신의 감응이라도 살피시는가

| *두려워 기세를 펴지 못하고.

성이 가시는 듯 풍경을 울리면서…….

가장 아픈 데를 코뚜레로 뚫어 길들여 놓곤
시방 인간들은 모두 낮 나들이 나갔다는데……
자네 오줌에선 상구도** 노란 기색이 나비치는 게
정녕 저 뿔의 탓이리니, 뿔의.

** 상기도. 아직도.

목포항 은행나무

어디선가는 또
집과 잠든 말이
해일에 꿀컥 삼키우는가,
말 뒷
잔등을
바람은 허물어
양치류를 뽑아 치우고
검은
탄맥炭脈을
노두露頭케 하는가……

태풍에다
밤내—
천상과 지상지하를 송두리째 걸고
이마며 머리 이목구비라, 전신이
은행나무는
찬비와 소리 소소리 소란 속에 깝신 경련했다.
넘어드는
해협을 전경前景 하고
긴 편력 끝에 돌아와 서선

이곳 남단
목포 항구서
유연悠然 신장을 재가다가

와이말 대공大公 부처夫妻와 마주치게 된
맑은 산보로散步路 상의
안광 형형, 그
운명의 작곡가라도 회상하면서
정정 선의로만 곧는*
굽지 않은
척주脊柱여. 교목이여.

바람 잠잠히
굵는** 포도 시렁 곁에 잠든
아침
햇살만 망각 위에 찬란한……
은밀과 아리는 내 안의 비애도
친구여
시를 쓴다 아픔을 새긴다.

《현대문학》, 1963. 6.

* 곧게 서 있는. 시적 허용.
** '굵은'인 듯.

지리설

호남 광주
충장로 한복판에 꽤 높게 서 있는
용아龍兒 빌딩 오층, 은
다실
비원秘苑.
서창西窓은
윗골 담양산 현대식 죽세공품 주렴이
옛 신화와도 같은 오후 하일夏日을 차단하고 있다.
더러는 그런 때가 있다는데
시방, 비원은 휑 비고
음악은 멎고, 그
배후에선 슴슴 음영이 기하학적으로 선을 그싯는*…….
동창변죽의자東窓邊竹椅子에 앉으면
이런 시각일수록 무등은
어찔한 열기보다는 뭐랄까 줏대로서
선보다는 형으로써
그림자를 잣으며
그림자 같은 흔적만을
못 망막에다 남긴다.

| *긋는.

그리고 그럴 뿐 말은 없다.
실상 언어로써 말짱 달기에는
각각으로 변용하는
변용하여 마지않는 그림자의
농담. 굴신.
결국은 흔적 위에 새로 흔적만이 쌓이어나갈 따름
총화하여 나갈 따름
광주에는 등급이 없다.

《현대문학》, 1963. 11.

나목

혈혈孑孑
지리국智利國 사막쯤에라도 가 있어보면
공감 갈까,
부모와 처자, 옷도 재물도 버리고*
'나' 를 쫓아얀다는
분부가······.

탯줄을 잘리고
사뭇 쓰라려 울어대다 까마득히 잊어버린
감각. 통감각.

중공中空에 머물러
맑은 고독으로 임종까지 그림자 짓다
폐기하듯 뛰어드는 잎새들의
시월도 가고,

휴식은 대지大地
위,
나목에는

---

* 원문에는 "웃도 재물도 버리고"로 되어 있지만 '웃' 은 '옷' 의 오식이다.

나목으로 있게 하며 있는 공간감이 차게 열리다.

《현대문학》, 1964. 4.

다리

뭐랄까, 그것은
지전
—고인故人도 뿌리고 돌아가는 노자라는데…….
지전뭉치로 차곡차곡 쌓인
숨찬 마음들이
금고처럼 문 꼭 닫고 굴러가는 행렬에 끼어,
물방울이 씻겨 흐르는 구름을 건너 무지갤 휘듯
나도……, 비포飛泡처럼 있는
내 나름의 고독도
가열苛烈한 햇살이나 받아 휠까

'영원'의 등뼈
—불가능의 다리나 놀까.

《현대문학》, 1965. 10.

돌멩이나처럼

저만치서 잠잠하고 있는 것이
비바람에 깎이우며
던져져 있는 돌멩이나처럼*
아무에게도 아무렇지 않게 던지운 채 있는 것이,

무심히만 가는 세월 속을 그렇게만 있단 깎이우는 것이

'네가 내 안에 있고 내가 네 안에 있는'
그런 좁다란 길이오니까.

마조히즘 환자처럼
앗기우는** 쾌감마저 퍼내주고서도,
바위처럼 가는 나의 맘자리의 균열
그 무건 간극의 밀착된 구만리를

애련哀憐의 호접胡蝶인 양 날아보리까.

영

* 돌멩이처럼이나. 이때 'ㄴ(이)나' 는 강조의 접미사.
** 빼앗기는.

넘은
석양夕陽
빛

그것 같은 한 올 분계선 곁
사랑보다 되려 쾌快할 미움마저 아니 건드리는 것이
당신이여
물오르는 가지에서 새 움을 도와내는 햇살처럼……
해의 상거相距에 서 있는 일이오니까.

《현대문학》, 1966. 2.

윤삼월

망원경 동그만 렌즈 속을
수평이 누룩 묻고 넘실댄다.
부활절의
젖무덤처럼……
길숨한 살눈썹에
대룽거리던
두고 온 오세아니아 아가씨의 이슬 구슬쯤
윤삼월,
해의 맘을 앗아볼 줄 없지

《현대문학》, 1969. 3.

여름 의장意匠

나무 이파리나 한 잎
진짜인 양 만들어선
니코틴 내음 진헌 내 방 문지방에다
한 여름 달아 말렸다
금풍金風 이는 달
쯤, 차마 띄울까,
단파短波 한 파장인 양 뒤시라고*

* '뒤집다' 의 전라도 사투리.

망설임

절을 할까
살을 쏠까
순백 장미의
심실心室에다 대고…….

환한 대낮을 배경하고서
일백팔십일
해가 뜬다는 함메르페스트 항구의
VO…… 응고하는 고동소리를 뒤로 하고

돌아서는 북구 소녀의
은발처럼 생긴…….
웃는 잇속이 희기도 하다
언젠가는 낙엽 밑에……

내 잠깐 멈춰 지나온 길을 돌이켜보니
비끼고 넘고 때론 뚫고서 다다른
'오늘' 여기
저만치서 순백 '사랑' 이 눈짓하는데
살을 쏠까 절을 할까
빙산 모퉁이의

곰털이 잣는
낯모를 전율한테다*

《현대문학》, 1969. 10.

---

* '—한테다'는 '—에게다가'와 같은 말.

눈 오는 밤

석등 켜둘까
눈 오는
이
밤.

창에
싸륵싸륵…….
묵혀 논*
밤의

갈청이
파르르……
그싯는**
뇌파.

내일 아침 광주 금남로에는
옴니버스 길 나것다.
바람도 불것다.

《현대문학》, 1970. 3.

---

* 원문에는 "묵혀는"으로 표기되어 있다. 이는 '묵혀 놓은'의 뜻을 지닌 '묵혀 논'의 오식으로 보인다.
** 긋는.

소곡小曲·2*

보고 지움이야**
나목 언덕의 언 밤처럼,
캐낸
별들이 빛을 뿌리는…….

밤에 묻히는, 밤의 수정 이궁의
다리 건너 열두 문門
중문 안 후문,
……도로 원경遠景의.

저 손이 모르도록 굼니는*** 이 손
의 시린 손끝의
속의, 속의
보고 지움이야

《현대문학》, 1970. 7.

---

* 원제는 「소곡小曲」.
** '보고싶음이여'의 사투리.
*** 구부렸다 폈다 하며 움직이는.

작도作圖

아직은
처마 밑
빈
제비집

—한껏 벌리고 먹이를 보채던 노오란 부리들.

한가스런
한나절
맞대* 앉아
아내와 봄미나릴 다듬다
옛 제비집을 쳐다본다……

기쁨을 맛〔味〕 내주며
제비 부처夫妻 무에라고 지줄대다가
빨랫줄을 차고 가뜬** 원圓을 그린다.

전신줄은 가로세로 도시의 하늘에다 작도를 하고

《현대문학》, 1970. 9.

* 마주 대고. 붙어.
** 썩 가볍고 단출한 느낌으로.

귀뚜라미

서창
(조선지)
그림자 그림.
귀뚜라미 하나
두 촉수의
'채널'
에 찰싹거리는
계절과
숨결
구름
과

《현대문학》, 1971. 1.

이명耳鳴

눈〔目〕 뽑힌

―먹밤.

얼얼 또 모가지 없는

빛깔 없는 불길몽不吉夢에 뒤쫓기다가,

그 영종靈鐘은……

내려 앉아버리다, 깊이

밑 없는 어둠 밑으로 날

덮어씌우고서.

―먹밤

《월간문학》, 1972. 1.

주조음

줄기 끝에 매달려서
이파리 하나
바늘 이룬 혀로
놀 뜬 하늘을 핥으다가

저음부 건반을 정중히 울려놓는다,
슬프잘* 게 없는 것 같으면서도
다 가시기까지는
얼 얼 메아리치고 있는 슬픔의
부정하는 몸짓으로……

《현대시학》, 1972. 1.

| * 슬퍼할. '—잘'은 관형사형 전성어미.

상想

해의 발자국 소리에다만
귀를 모두고서
눈멀어버린 불!
—해바라기의 근경近景에는

촉루髑髏가 두어 개 구르게 한다.

기름기 많던 꿈이
화석으로 굳히인 하이얀 촉루가
의지의 저 사나운 물결에
괴석같이
질감을 깡그리 쪼아내도록……

《현대시학》, 1972. 1.

사모곡

즐거웠던 것
즐겁지가 못했던 것들이
한꺼번에 원경 수묵으로 번진다.
갈기 가기 시작하는
파초잎을
디디고 넘어오는 가을비에.

무애를 감싸 휘는 여유가
높이 부여안은
스란치마 같은 풀.
늦게사 생긴 외아들을
물끄러미 보시곤 하던……

《현대시학》, 1972. 1.

숲

아아라히*
들린

고사古寺의
추녀 한 끝

의 기러기 행렬.
깃 소리도 고즈넉이
푸르름을 헤치고.

풍경
홀로

그 정밀 고르느라 기울이던
그 심혈로

희화처럼
방울방울
흩뿌리곤 한다

*아스라이. 흐릿하고 아득하게. 원문에는 '아ㅇ라히'로 표기됨.

'자브름** 웃으시는'
갈마 하늘에,

《현대시학》, 1972. 1.

** 자뿌룩하게. 조금 어긋나 비뚤한 모양을 형용한 말.

향가

허술헌
구름
새

둥근
달
을 보면,

그리움이여!
즈믄*
해진 의상에
가리어 있는
그 맘거울

으늑한 저
품
안

노피**

* 천千. 여기서는 '해진 의상(허술헌/구름)' 을 수식함.
** 높이.

노피곰 돋아
멀리곰
비추시라.

《현대시학》, 1972. 1.

뒤쫓고 있는

두고 온 들샘의, 흰
그 낮달마냥

까맣개
시름 여윈
짧은
한 겨를.

이름
끝내
못 캐내는 채

(돌아설까 돌아서버릴까)
바람바람만 뒤쫓고 있는

아, (두루미 소리)
살눈썹 저만치서
쩌릿
치흔들리니
골짜기는 깊이 출렁거려라,

첩첩
연한 산을
구름 밖
먼 상想에
울렁거려라.

《시문학》, 1972. 3.

노을

서역 삼만릴*
넘어서 아리어드는 저녁 새
—비애여.
조금만 낙락하게
두고 쓰지 못한
마음그릇의.
잃어버린 몇 만 시간의.

《시문학》, 1972. 3.

* 원문에는 "서역삼만리－ㄹ"로 표기되어 있음.

숨소리

(내리기가 오르기보다 겨운 참이 더 많았지)
그때—
골짜기를 더투고*
덤불을 헤집고

팽팽히 서서 있는
능선 상하
치솟은 절벽에 매달려 오르다, 그만……

어쩔 길 없이
바위 몸에
사귀게 된, 손의
혈흔…….

구름 뒤 정상은 오늘 다 깔지 못하고.
내려와 멀리 보는
훗날의 연만. 그리고
보랏빛, 그

| * 더듬어 찾고.

너머로
쿵쿵 울려가는
맥박의 물이랑
들…….

《시문학》, 1972. 5.

소곡小曲 · 3*

백자 그릇에서
밀감을 내려
그, 껍질을 벗기기도 하는

정월은
눈에
흰
달.

묻힐수록 굴참나무 숯빛 당기는…….

안으로 닫고 사는 달,
햇솜 둔 옷 입고
처녀애들

볼록, 유자향 가꾸더니…….

《시문학》, 1972. 5.

* 원제도 「소곡小曲 · 3」.

소곡小曲 · 4*

순지純紙 창이 받는
새벽
빛,
거울 안 저만치서…….

참, 오랜만에 만난 친구끼리서
다문다문
솔처럼 세워가는
미흡한 언어

와, 그 행간 같은 것.
이제 바람은 그 악기를……
그 공간을……

《시문학》, 1972. 5.

* 원제도 「소곡小曲 · 4」.

소곡小曲 · 5*

덜 찬 듯 둥근
비취옥 가락지를 꺼내 끼고서
달의 고운 손이 창을 닦는다.
나는 속절없이 차갑기만 하면서도…….
다숩게 대해줄 때 안개 풀리는
내 설움 봄 강물에
덜 찬 듯 비치는,

《시문학》, 1972. 8.

---

* 원제는 「소곡小曲」.

산실産室

　'먼지가 쌓이고, 어둠이 쌓여도'
—이것은 말,
한걸음
물러설 줄 아는…….
주인 잃은 금강석과 나 만나게 되는 때
꿈꾸듯 엎으려져*
입맞추어 쌓는
폐어. ……핏줄 생기는.
먼지가 쌓이고 어둠이 쌓여도,
해 돋기를 기다려
무한까지 닿았다는 돌아오는 그림자.
새
꿈의 산실, 이것은.

《시문학》, 1972. 8.

---

* '넘어져'의 사투리.

소곡小曲·6*

모오두 비슷한 것도 같아
비슷하게 보면
좋이 지켜오는 친구들이
사뭇, 차게 보고 지워져**……
아슬히 닿은 언덕 옛길을
올라서서 굽어본다네.
—기억이 불러내는 소슬바람결
갈꽃도 설레는.
제비들도 나는.

《현대문학》, 1973. 1.

* 원제는 「소곡小曲」.
** '보고 싶어져' 의 전라도 사투리.

잎무늬

홀연, 귓문을 두드리는

한 잎 으능잎사귀

단파 한 파장인 양 꺼추듯

무엔갈 켰었는데….

―곧은 곡선을 그시며*.

―벽공 결정 속을 뚫고 부비며

《현대시학》, 1973. 6.

*그으며.

눈의 달

누구하고도 동의하지 않는 낮달.

더러는 아이들에게 손목 붙잡혀

숲길이고 벌길이고 따라 헤매다가도

제물에* 차다 이울다

차고 일어나 빛 뿌리고 부서지는

바다 속의 달.

반추의 눈 달.

《월간문학》, 1973. 7.

* 저 혼자 스스로의 바람에.

햇살

산부진노무궁山不盡路無窮을
앞서 뚫고 깨친 이가 누구이든,
가없는 이 이정에서
구기고 펴고 일렁여오고 있는
나랏 말씀 속의 동해 물결의
아침, 벼랑에 진달래꽃들

《시문학》, 1973. 8.

구름의 상想 · 1*

시를 묻는 일이
만원 3등칸 어구於口께
지린내 속을
붙박여 비비대고
가는 여린 허리

아픈 나그네와 무슨 상관이란 말가.
그런데도 나더러는
묻히라, 스스로로
암장하라

—굴을 막 빠져나온
배후도 침침한 전언.

(말은
말처럼 서서 듣는 내
두 눈을 쓰다듬어
감기운다)
시를 묻는 일이 내가,

* 원제는 「구름의 상想」.

118

빈 메아리를 타고
피다
흐르다
흐르는가 싶으다가 스러지는

벽공
시울가지
끄트리에
새
눈〔芽〕.

자리〔坐席〕나 뚫리면 낼룽
파리채듯 가로채어
죽 떠먹은 자리 메꾸고는
시치름

꿈 보고 긴축되는 근육의
네 굽 놓고
차고 일어서는
앞굽 들고 넘어들며

뒷굽 아슬히 날리는, 아
말 백말

날아 나리는
봄 초원. 보슬비 맞는
심해선 그 너머……

그런데도 처지는 저—
여러 요통과는 무슨 상관이란 말가.

《시문학》, 1974. 4.

구름이 닦아준다

탈지면은
옥도정깔*
허기진 듯 빨아들였다.
팔과, 어깨
허리까지가
썰려 나간 가로수의
손 없는 아픈
손 처들고 나아가는 행렬
끝에
걸려……

《시문학》, 1974. 4.

* 원문에는 "옥도정끼—ㄹ"로 표기됨.

별이 돋기까지

시간과 길, 도시도 포구도
어둑어둑 숯검정이로 생략하고,
여백에 비낀 서녘 놀을
받으며 깊이 흐르는 강물
의 잠잠함을 듣는다.
—미력도 미삼尾蔘처럼 아껴 쓰면서.

(달빛에 누나 하나뿐이었는데)
유아어幼兒語가 날로 풋풋해지던
엷은 어느 신록
절로 팽창되어 더웁고
부끄러운 듯싶던 그 얼라의, 고추의,
여린 갈등을 반추하며

《현대문학》, 1974. 4.

가늘은 심문心紋 · 1*

꽃잎이
한 잎
빠그금 문을 밀고
내다보는

문턱
어둔
밑.

굽은 벼랑 끝 된서리 기운조차가
(포개어져 감도도다.)

이쁜 신발
(꽃잎 한 잎)
벗어두고
(꽃잎 두 잎)

손 미치지 못할 데로 떨어져가버린, 그
부신 매무시가

* 원제는 「가늘은 심문心紋」.

또 저 끝서 요요히 흔들리거니…….
문득 어둔 밑,

《현대문학》, 1974. 7.

외면外面

—그만
쌍발엽총은 손댈 흥미가 없다.
나무 묵은 가지 끝서
독추 몇 마리가
이리저리 떠 몰리고
비듬 앉은 목들을
안고 근질리고,
쑤군대고 끼득이고.

우물 속만 하염없이 높고 푸른데

《현대문학》, 1974. 7.

추일秋日

실솔蟋蟀이 한나절 타고 내리는
가늘은 곡선
― 샘물에 몰래 비치는 낮달의.

먼 곳, 바다가 꾸기는 투명한 파상이여.

산을 옮길 힘도 못 가지는 것이
문비 닫히인 그늘 밑까지 찾아와서는
질질
묻힌 여운들을 불러내쌓네.

《현대문학》, 1974. 11.

눈 서정

깊이 자느라고, 나는
영접도 못했는데

—밤을 새워온, 이
그리움을.

석등은 검은 두발頭髮이 긴 찬 눈을 이고 깊다.

오늘밤은 귤빛 불로 봉할래.

새 누리
구워놓고
—둥둥근 백자 항아리

몰래 가버린 그한테는
자고 있는 내가
부담이 아니 되어 되려* 무방했겠지만

뒤늦게사

* 오히려.

깨나
(닭은 자주 울어쌓는다)
성문처럼 굳이 잠기이고 마는
쓸쓸한 입.

그는 어디까지나
그일 수밖에 없었겠지만

《한국문학》, 1975. 1.

별

뜻밖의 불개미가 한 마리 제야除夜* 십이시로 더듬어 내리고 있다.

나는 불을 끄고서 이 미물의 많은 그림자를 닦으며, 있다.

밑 모를 어둠 밑으로 뚫고 내리는 이 미물의 도무지 확대되어지지 않는 뇌파가 게〔蟹〕걸음으로 달아나는 내 안 저 밑 어느 역목적적 목표를 가늠하면서, 쏘〔射〕는 자외 광망光芒을 목탄으로 벅벅 문질러 지우려고.

융동 중핵을 숨 쉬며 잠잠한 봉지 속의 여러 꽃씨들도 창마다 불을 거두고 어둡다.

《월간문학》, 1975. 2.

* 섣달 그믐날 밤.

구름의 상想 · 2*

말을 길들이며 깊숙이 드는 산인山人은
스스로의 비중을 안다

—가뭇없이 묻히는 작은 비중을.

율객쯤은 참말 없는 드끼** 견뎠어도
콘크리트 빌딩은 기울듯 들치솟았을 것이다
고가도로는 정수배기를 걷어차며 치다랐을 것이다.
석유는 미련한 무기로 타락했을 것이고
인기 있는 언어는 전달망을 누비며 재주 피웠을 것이다.

되는 대로 상거래는 행해졌을 것이다.
말을 익히며 오르고 있는 산
가슴은 애타게 울리고 있다.

《현대문학》, 1975. 5.

---

* 원제는 「구름의 상想」.
** '없는 듯이'의 전라도 사투리.

가늘은 심문心紋 · 2*

서러운 서러운 흐느낌.

아니,

절규하며
부딪치고
이어 나가는
NO

—밤 계곡처럼.

횃불 태운다.
노한 그림의
흔들리는 막막한
망막 안도

산 너머 한 바다는 일어섰도다.
불퇴전하는
어둠 속 냉소하는 단면과 맞서……

《현대문학》, 1975. 5.

* 원제는 「가늘은 심문心紋」.

대목大木의 아들

톱을 들고 설라치면
산적돼 있는 나무〔材木〕는 죄다
길든, 유순한 짐승
─숨소리도 조용한……
'다리'의 십자가가
금방금방금방
몇 채씩이고 저 언덕 위에 줄서는 것이었다.

외상 미수란 단 한 번도 없었다는
믿고 치는 군납품─말고도
나무가 저항 없이 숙어드는 황홀경.
(제길 운수 사나운 놈이란 당대에만 있겠는가)
눈은 술을 모르고서도 벌겋도록 취한다.

헌데 해질녘이면 해는 서으로 넘고
땅거미를 흡수하며 눈은 초롱초롱 개이고.

했다가도……
작업시간에 톱만 쥐면……
불불 기어드는 나무만 쥐면……
(엘리 엘리 라마……)

《현대문학》, 1975. 5.

백자수병

은은 훈풍으로 구기이며 들려오는 진보랏빛 꿈의 연파煙波.
닦일 대로 남은 것이
용솟음쳐 오르는 뭉게구름
한복판이

푸른
(분화구)
문도
뚫리네.

유방을 깎아 팽개치지* 않고서도
내 심실心室 바람벽을
바로 뚫은

그대
금촉 지른
흰
살이
부르르 꽂히어 아리는 묘법과, 그 진감과……

---

* 원문에는 "팡가치지"로 표기됨.

구원久遠의 둥근 치마 기슭을 떠오르는 강월江月이여

《현대문학》, 1975. 5.

종

어연간한 옷가지쯤 깡그리 벗어주어 버리고도 겨울 목련은 부신 속
살로는 아니 속을 만큼 금욕하고 있더라

《현대문학》, 1975. 5.

향로

임의 음성을 분간하는 귀도 이리 설어라.
죽으라고만 말 아니 했을 뿐,
보다 절실하게 핏줄 넘어서 부르며 온다

임을 묻고 이미 따라 죽고 없는 나를 보고
그대의 입을 가지라고 말씀이다
그대의 몸짓으로 걸으라고 말씀이다
그럴 길이 없겠지
이내 뒤따라 서버린 것을……

이쁜 말도 미운 말도 그댓말*로 말하라 한다.
그리해서 그대처럼
눈빛 깊이 울리고 먼동이 터온다면…….

임의 음성을 분간하는 귀도 이리 설다

《시문학》, 1975. 5.

* 그대의 말.

유화례 선생송頌*

천애 고아들에게는 자애로운 어머니,
병들어 신음하는 자에게는 인정스런 친구,
갇히어 괴로워하는 자에게는 민망한 화해자.

민족 수난기에는 등을 밝혀
믿음의 식구들을 위로했고,
해방 후로는 산촌으로 고도로 찾아 헤매며
주의 복음을 전파했으며,
해방 전후 한결같이
'수피아'의 딸들을 가꾸고 다듬고
그들의 영혼을 일깨워주셨다.

—진실로 당신과 접하는 사람이면 누구고
영혼의 우주보다 중하고 위대함을
깨치게 하는 하느님의 딸이시다.

《시문학》, 1975. 5.

---

* (원주) 유화례. F. E. Root가 본명. 미국 남南장로교 선교사로서 1927년 한국으로 파견돼 나와 오늘에 이
르도록 광주 수피아 여학교를 중심으로 교육 및 선교 사업을 했다.

익翼

오르페우스처럼 신운으로 설움을 일깨우기 위해서는
깊이 계곡도 꿈은 꾸어야 하고
춘일春日로 하여
골짜기도 등성이도 뿌연 꿈 빛으로 몽롱해 있는
영봉들과 멀리 서서 먼 꿈을 꾸어야 한다.

꿈속으로 꿈속으로 둥둥 떠 흘러들어야 하고
동해 해돋이를 이고 둥둥 떠 흘러들어야 하고,
꿈이 성취시킬 수 있을 홍업
―큰 기슭을 차고 오르는 작은 학
학들처럼 해를 이고 구름밭을 일구어도 들어야 한다.

구름바다 위로 등허리를 들내놓는* 아우 마루들,
구름바다 뚫고
형형 쌍안雙眼을 반짝이는 나의
신고산, 샛별 아프게 쏘아 와 묻히는
검은 두발頭髮이
우레치는 영기로 빗겨야 한다
―빛도 집결하여 숙연할 단壇을 무어야** 한다.

《시문학》, 1975. 5.

* 드러내놓는.
** 지어야. 엮어야.

가늘은 심문心紋 · 3*

심해 속의 석류
속꽃잎은
마악 꿈의 귀항 길에 올랐다.

VOU,
여드레 할례를 치르고 난
유태 사람 유복아遺腹兒의 불울음이
고동소리에 삼키운다.

세심한
하늘
저 끝 시울가지는
하늘하늘 소스라치나.

《한국문학》, 1975. 11.

* 원제는 「가늘은 심문心紋」.

연근단면 蓮根斷面

그득그득
곧바르게 돋아 오른 묵빛 연蓮대들.
구름 피는 못물의
종단면.

'먼 바다 어족들의 투명한 행렬'

전경前景 전면을 덮어버리는
둥둥글
싱그러운 율동의 잎.
오무린 잎.

오무렸다 폈다
물방울로 굴리다
잎새로 살짝이 내비치는 살
달빛 드는 청이* 살눈썹.

'꿈속을 돌아 떠나가는 흰 돛폭'

《현대문학》, 1976. 5.

* 심청. 「심청전」에서 심청은 용궁에 갔다가 연꽃을 타고 다시 수면 위로 떠오른다.

돌 서정 · 1*

파르스름 도는
구름 기슭으로
여윈 돌이
휘파람을 날린다.
마도로스 파이프를 닦으면서.

'아픈 의원처럼
겸허하이, 하늘은……'

길든 파이프를 닦는 참은
가을
그리움과 그림자를
매만지는 참.

스스로의 휘파람 소리를
스스로가 음미할 줄 안다, 돌은……
부끄러워지는 선율도 많고
어쩔 수 없는 선율도 있고.
단절해버리겠다고

* 원제는 「돌 서정」.

돌아서버리던 짓도
어쩔 수 없다면 어쩔 수 없었다.

《현대문학》, 1976. 12.

메아리

보리[麥]는
길 찬* 눈을 덮고
고온하다**.
곁에 침상의

벌거벗은
지중해의
뒤척이는
율동.

(아랑곳 않고
곰과는
피는
섞었을 끼다.)

혹한 이겨내는 흰 마늘쪽.
흰 달······만리 변성의······

* 길 가득히 쌓인.
** '곤하다'의 시적 허용.

(걸어두고 온 간도
서늘케는 하이.)

밤의 계곡의
쏟아져 내리는 바람의
신들린 속의 속의
진폭 큰 숲의.

《현대문학》, 1977. 5.

향배|向背

성공된 연금술, 황금의
일몰.
꾀꼬리차미(참외)더미 구름이
도가니 속 진언의
노른자로 집결하는……

핏줄이 하나 생기기 시작한다,
꿀 먹은 꾀꼬리
차미더미
감향 진동 치는
응어리에서.

끈적끈적 엉겨 붙다가
스며 적시다가, 조색調色
팔레트
황혼의 시나브로 응집하여 익는
황홀경의 주황색.

길도, 숲도
돌아 흐르는 깊은 강물,
연만도

거무숙숙
묻혀라.

연만 너머

개펄 지난 소년적 서해 바다의
살고 있는 자연
취락과
푸른 수평선.

검은 소의 혀 동해 불기둥 검다.

《현대문학》, 1977. 11.

돌 서정 · 2[*]

가을비 맞는
돌의
빗물 흐르는 얼굴이
거무접접 백치처럼 깊으나
아무렇지 않은데,
더러는……
마주보고 울어버리고.
맺힌 데를 고풀어버리고[**]

장맛비 맞는 돌의
속의 속은 한밤
개골骱骨 동굴 속인데,
명경을 외면하듯
외면해버리고.

아슬히 트이는 골짜기 밑 푸른 궁창은
비늘구름 비치는데……

《현대문학》, 1977. 11.

---

* 원제는 「돌 서정」.
** 매듭 따위를 풀어버리고. '고풀이굿'에서 긴 무명에 열두 매듭을 매어놓고 풀어가는 의식을 '고풀이'라고 함.

가을날

장수長壽를 살며 오는 뒤란
으능나무의
높은 가지 끝서 잎사귀가 한 잎 방금 도착했다,
해외로 나가 일하고 있는 딸아이의
벽공을 뚫고 날아와 환히 웃는
마루 끝 한 장 엽서와 포개이며…….

─실팍한 모국 청년과 만났습니다─
아버지의 마음을 행결 더 심화시켜주는
혈육의 설레임이여.

이별이 어김없는 약속을 전신으로 음미하면서
소슬히 미학美學을 하는
한 잎 으능잎사귀가,

정점을 누비는 큰 나뭇가지의
무심한 듯한 휘호가
다시 한 해의 안착을 아뢴다.
딸아이의 감은感恩을 입상立像시킨다.

《현대시학》, 1978. 1.

파도 · 1*

밤내 또, 만 번쯤 대끼고서
높은 수위 수평선상에
반동그라미 발그레 그려지다

—뒤미처 대질러오는 두루미의 청.

새로이 파도의 천동설이 연재되는가

《현대문학》, 1978. 6.

* 원제는 「파도」.

말

역逆으로 창공으로 도약했다.
겁도, 우악스런 참도 많은
혼자만의 휴일
건각 드문드문 내디디는 새로
비치는 무심 그 밑으로

입 벌리는 심연의
굽어 뵈는 눈.

풀 썹히는 소리뿐 살뜰 배음으로 깔린다

잠깐 두근대다 소멸하는
백운 일말─抹의……

《현대문학》, 1979. 1.

풍경

말랐던 개울바닥도
빙하로부터인 양
새 물줄기로 청순하게 흐르고,
추억의 고라니
내려와 비추어보는데

숲도 푸르게는 굴절하는데

(찌는 해를 금쪽같이 아끼다)

구름기둥
선두를 흐르다가
인멸하고,
파도 거침없이 구르는데

《시문학》, 1979. 7.

낮달 · 1*

초사흘 밤은
더욱 더욱 말씀으로 입을 다문다.
초저녁 시울가지가 여릿 휘고
강물을 거슬러 오르는 밀물로
숲 속 쑤꾸기가 자지러지게 울리나

그윽 실린 봄 못물이
고운 살결을 몰래 비추나
휴일 한나절은 길이 바쁘다
말벗도 없이 가는 길이……
크낙한 동그라미의 원심圓心과는
한발 더 멀어지려는 원심遠心
작업으로

《월간문학》, 1979. 7.

---

* 원제는 「낮달」.

파도 · 2·

시를 안 쓰는 게
시를 지키는 일이 되겠단다.
옛날
입 쪽 재주의 한계를 지레 다 봐버린
어느 형안은

애타는 결의로
굳혀만 주던 건데……

시를 지키라 넌지시 권유하며
구름은 인멸한다
—좋은 시인이 많이 살고 있다, 쓰고 있다
그 취락을 지키라

첫닭소리 들리는 서해의
거친 파도를 보고,
지새우는 빛에 스스로의 소중함을 깨쳐내는……

《현대문학》, 1979. 8.

* 원제는 「파도」.

산조散調

자정을 넘어오는 눈.
창은
어둠을 의지하고
어느 초서를 음미하는 제……
돈이 아닌 상평통보
엽전무늬 아롱이는 어둠 속의
천정天井.
향벽, 동으로
영일만의 묻힌 새 빛.

《현대문학》, 1979. 8.

낮달 · 2*

고수머리……
파도가
뒷머리를 빗솔질하고 있다.

낮달은
날카롭기
기조奇鳥의 미조술美爪術로
가려버렸다.

휴일의 선글라스.
파르스름
검은 대륙의 솜구름.
숲 속 사슴 떼가 슬로모션으로
쫓기우며 있다.

물소리뿐 무궁하다네
(거울이 깡그리 흡수해 들였지만)
진공 한복판은
부서지는 고수머리뿐.

《현대문학》, 1979. 8.

* 원제는 「낮달」.

낮달 · 3*

한여름 밤 꿈을 물들이던
봉선화꽃 꽃잎범벅이
9월의 약지와 새끼손가락 끄트리서, 단정丹頂
학으로 간다.
—빌딩 숲길의 출근 버스 안마저가 홀연
조용히 서서 가는 여인의
조용한 손톱 밑의 길이 바쁜 낮달로……

건재하는 추억의
맨드라미 피는 질항아리 장꽝머리서
거울 닦는 둥근 하늘의……
해금강 비늘물결 비추는
한밤 달로.

《현대문학》, 1979. 12.

* 원제는 「낮달」.

휴일

눈 맑은 공주애기가 후원 꽃밭으로 걸어 나온다.
자모란 꽃봉오리가 지금 막 벙글면서*

수유천년의 천만분지일 간극이
―번쩍
누설시키는 섬광
그리고는 깜깜 암흑이 눈을 덮어버린다.
(보강시력 0.5의 기질로 돌의 이끼를 미시微視하는 즈음)

꿀벌 하나 예사로이 봉오리 속으로 깊숙 헤집고 들다.

《현대문학》, 1979. 12.

* 조금 열리면서. 개화開花.

장미 귓속말

여가가 나면
나랑도 만나주겠대
(꿈의 시간까지가
내밀하게 짜여 있을 뿐, 다만……)

그니는
차고
흰 외과의外科醫

칼을 놀려 뇌수술을 하는 중이다.
커튼 드리우고……
수술대 위의, 나의
이목구비.
밀랍 마스크.

저렇듯 눈사태가 부시는 낮은
그리움이 몸이 달아

난사하면서
아쉬움이 죽어주길 내심 바라면서……

《현대문학》, 1979. 12.

낮달 · 4*

참새가 한 마리
잠깐 쩍쩍거리다가 가버린 일뿐
세한은 아무런 금도 가지 않았다
나목 가는 가지 끝도
살포시 가루눈을 날리며
도로 제자리로 허리를 편다.

—성글게 소식이나 띄우게나
슬픔은
와닿을 길 없이 높은 주소이지만,
웅녀熊女골 속의 속의
불씨 빨간 융동 은밀한 밤내—

모든 사기史記로부터 가위질당한
녹음 필름과 같이
철늦은 낙엽엽서가 하나 날아와선
굵고 묵직한 육성으로 재생한다

가지의, 고요한 적설이 허물린다.

《현대문학》, 1980. 6.

* 원제는 「낮달」.

백자 연뽕연수硯水

……심야의 촉매.

날빛보다 더 밝은 빛살 속의
흰 망부석이
둥근
잎이

낙일하는 수평선을 덮어버린다
제 생각에만 묻히는
잎그늘의
먹물 머구리*도 지워버린다.

뜻밖의……
어둔 밤 폭풍에 떠밀리어
서으로 겹의 끝을 표류하다가
천신만고
돌아와, 쓴

초서 글씨 표류기.

| *개구리.

기슭에
석등 켜고
지새우며 골독 판독하고 난
새벽 연만의

허리께가 희부여니 구름이랑에 일렁인다.

대추나무 밭
무성한 가지마다
잎사귀마다

잠깬 바람
참신한 굴곡으로 흐르고.

둥근 잎은 낙일하는 수평선도 덮어버렸다
먹물 머구리도 지워버렸다

밤내 대긴 동해의
어둠 핥는 검은
소의 혀 발그레 비치게……

《현대문학》, 1980. 10.

아침

밀리는 안개 속을
든든히 디디고 섰는
실팍한 아랫도리의
굴참나무 숲에서는
꾀꼬리가 몇몇
먼 데서처럼
황금 종악을 울려……
'우는 풀벌레며
구구 구슬퍼지는 비둘기며 뻐꾸기의 비조悲調
간섭은 받지 않으며'

                    *

저어 밑
분별없이 더운 허벅지께의, 지중해의
굴참나무 숲 언덕도
깊은 골짜기도
서으로 기우는 빌딩숲의
간 날의
오랜 왕성도

뭉게뭉게 함몰해버리고
만상萬象은
종내 잊음 속을 허우적거리긴가*, 해조처럼……

연만의
사철 눈 인 편향偏向의 정상들마저가
빙산처럼 표류하는 의擬
지각변동기인데,
간섭받지 않고
황금 종악을 울려
밀리는
해무 속을……

《현대문학》, 1981. 1.

---

* 원문에는 "허위적거리긴가"로 표기됨.

메아리

추녀 끝선
쩌릉
석류가 벙글어 디룽거린다*
빛을 뿌린다.

─은은
메아리를 타고
산을 돌아 펼쳐지는
맑은 풍광들
황금물결 치는
들 마을들.

추억의 옛 초가지붕에서는
서리하내** 다녀간
이튿날 한나절을
박이
품 안처럼 무한 둥글고.

처마 너먼

---

* 원문에는 "데룽거린다"로 되어 있으나 이는 "디룽거리다"의 오식임. '대룽거리다'의 큰 말.
** (원주) '기러기'의 사투리.

밀리는 쪽빛
그리움이여
먼 심해선 밖의

발자국을 찍으며 흰 길도
돌샘 끼고 가고 있다
낮달 따라 잠잠히 강물도 가고 있다
별 돋는 절점까지……

《현대문학》, 1981. 1.

산성

생각에 잠긴
먼 구름.

풀섶을 막 헤집고 나오는
풀벌레의
비애와, 자유
연상은

그 정박하는 곳이,

높은
산정

⋯⋯이 아니면

푸른
파고
위로⋯⋯

*

내 죽음은 엄히 밀봉하고서
어서
북채를 들라.

당장은 가슴을 치며
뱃전 물결도
통곡하고
있을 순 없다

노을 밑 뻐꾹새야.

《현대문학》, 1981. 10.

기질적 우수憂愁와 세정細情의 리리시즘
―이수복 시에 대하여

_장이지

1. 머리말

이수복은 1954년 3월 《문예》에 「동백꽃」, 1955년 3월 《현대문학》에 「실솔蟋蟀」, 1955년 6월 「봄비」가 미당 서정주에 의해 추천됨으로써 문단에 나왔다. 서정주는 「동백꽃」의 추천사에서 "……상상想像에 헷것이 묻지 않은 게 첫째 좋고 그 배치와 표현에도 거의 성공했으려니와 특히 요즘 시단詩壇 신인의 대부분이 뜻면을 찾다가 시에 감동이나 지혜의 움직이는 모양을 주어야 할 것까지를 잊어버리고 천편일률로 '이다' '이었다' '하였다' 만 되풀이하고 있는 실상實狀에 비해 볼 때 이만한 자기 시의 몸놀림이나마 뜻과 아울러 같이 가져보려고 노력한 점도 요새 일로서는 귀한 작품이다"라고 평했다. 서정주는 이수복의 음악적인 '몸놀림'에 주목한 셈이다. 이수복 시의 음악적 탁월성은 이미 등단 초창기부터 완결된 형식으로 그의 전소 생애에 걸쳐 일관되게 유지되었다. 「실솔」의 한어속漢語屬을 지양하고 우리말의 묘미를 한껏 살린 「봄비」에 이르러 이미 그의 음악적 탁월성은 정점에 이르렀다.

이 비 그치면
내 마음 강나루 긴 언덕에
서러운 풀빛이 짙어오것다.

푸르른 보리밭길
맑은 하늘에
종달새만 무에라고 지껄이것다.

이 비 그치면
시새워 벙글벙글 고운 꽃밭 속
처녀애들 짝하며 새로이 서고

임 앞에 타오르는
향연과 같이
땅에선 또 아지랑이 타오르것다.

－「봄비」전문

　"이 비 그치면"으로 시작하는 일정한 구문의 반복과 '～것다' 투의 감칠맛 나는 전라도 사투리의 반복이 만들어내는 음악적 효과로 인해 「봄비」는 국민적 애송시로 널리 회자되었다. 새 생명의 약동을 재촉하는 봄비와 함께 그리움도 새로워지는, 인간사의 굴곡이 자연과 더불어 반복되는 '인간의 자연사自然史'를 일관성 있는 심상으로 포착해낸 그 시선의 성숙함도 「봄비」가 널리 애송된 이유의 하나라고 할 수 있다.

　「봄비」의 명성에 비해 이수복의 전체적인 시 세계는 제대로 조명되지 못하고 있는 것이 사실이다. 이수복은 생전에 34편의 시를 묶은 『봄비』

(현대문학, 1969) 한 권의 시집만을 상재했을 따름이다. 『봄비』 상재 이후에도 이수복은 십여 년 이상 열정적으로 시를 발표했다. 여러 문예지에 흩어져 있는 그의 시들을 망라하면 100여 편 이상이 된다. 그는 자기 시에 대해 너무 엄격했던 탓에 『봄비』 이후 더 이상 시집을 엮지 못했던 것이 아닌가 한다. 그로 인해 이수복 시 연구는 주로 『봄비』에만 국한되거나, 『봄비』 소재의 34편만으로는 시 세계를 말하기 어렵다는 이유로 철저히 외면되어 온 셈이다. 그러나 그의 시 세계의 전체상을 조망하게 된다면 우리 시사詩史에서 서정시의 계보를 완성하는 데 매우 큰 시사점을 발견하게 될 것이다. 단적으로 말해 그의 시는 1930년대 시문학파의 계보를 계승하고 있다. 그의 시 세계가 지닌 의미는 거기서만 찾아지는 것이 아니다. 그의 시는 1950년대 전통 서정시의 지형 안에서 매우 개성적인 자기만의 영역을 확보하고 있었다.

이 글의 목적은 이수복 시의 전체상을 조망함으로써 이수복 시의 통시적·공시적 의의를 살펴보는 데 있다.

2. 세정의 세계와 김영랑 시의 계승 : 『봄비』의 시사적 의미

1950~60년대 전통 서정시의 지형도에서 이수복은 자기만의 영역을 확실히 구축했던 시인들 중 한 명이다. 이동주의 풍속·풍류, 박재삼의 고전 인유·서민적 정한情恨, 구자운의 도자기·문인화 취향, 김관식의 유가·도가를 아우르는 정신주의 등에 대해 이수복은 1930년대 시문학파의 순수시를 계승한 세정의 세계를 구축하고 있었다. 이수복은 유포니를 고려한 시어의 개발과 말줄임표를 활용한 여운의 강조 등을 통해 시의 음악성을 고양하려고 했다. 더욱이 그가 그렸던 풍경은 김영랑 시에

서 발견할 수 있는 한국 시골의 전형성을 띤 것이었다. 그런 맥락에서 그의 시는 청록파적 자연에 서민 생활의 세목들을 결합시킨 박용래의 자연 서정과도 다른 세계였다.

이수복의 순수시 지향은 그의 등단작 중 하나인 「실솔」에서 이미 완미한 수준으로 구현되어 있었다.

능금나무 가지를 잡아휘이는
능금알들이랑
함께 익어 깊어드는 맑은 햇볕에

다시 씻어 발라매는 문비門扉 곁으로
고향으로처럼 날아와 지는……
한 이파리 으능잎사귀

—깊이 산을 헤쳐오다 문득 만나는
어느 촉루髑髏 우에 신기蜃氣하는 아미娥眉와도 같이
자취없이 흐르는 세월들의
기인 강물이여!
옥색 고무신이 고인 섬돌 엷은 그늘에선
질질 계절을 뽑아내는
작은 실솔이여.

—「실솔」 전문

이수복이 애착을 가지고 그리는 대상들은 '실솔'과 같이 작고 연약한 것, 조락하는 '으능잎사귀'처럼 소멸하는 것, 섬돌이 만드는 '엷은 그늘'

처럼 희미하고 우수가 느껴지는 공간이다. 이 시에서 형상화된 계절의 변화와, 거기서 느껴지는 무상감은 가벼운 수심을 자아낸다. 그것은 어떤 극단적인 감정의 파국으로 치닫지는 않는다. 이 시에서 '조락'은 "고향으로처럼 날아와 지는……"에서 볼 수 있듯이 수구초심首丘初心의 순리대로의 소멸이다. 이 소멸은 "다시 씻어 발라맨 문비門扉"가 환기시키는 청신한 이미지와 결합하여 애이불비哀而不悲의 전범을 깨뜨리지 않는다. '아미娥眉'의 여인도 해골이 될 수밖에 없는(제3연) 세월의 무상감도 '문득 만나는' 순간적인 슬픔이지 그것이 분루나 오열을 수반하지는 않는다. 그 대신 그 무상감은 미물인 '실솔'의 울음으로 투사된다. 섬돌이 만드는 엷은 그늘은 사실 그대로의 서술이지만 거기에는 '옥색 고무신'이 고여 있음으로 해서 생기는 부재감이나 상실감도 투사되어 있다. 다시 말해 이 시의 풍경에는 인기척이 없는 것이다. 이수복은 의미 면에서 이 시에 인기척이 없는 이유를 구체적인 '상황'으로 설명하기보다는 인기척이 없는 풍경과, 미물의 울음을 병치시킴으로써 시적 여운을 만들어내는 데 더 주의를 기울였다고 할 수 있다.

이수복 시의 묘미는 의미 면의 구체성에서 찾을 수 있는 것이 아니라 감정선의 섬세한 움직임을 포착할 수 있는 능력으로서의 감수성에 있다. 옥색 고무신이 고인 섬돌이 만들어내는 그늘처럼 그는 보통 사람들이 무심코 보아 넘길 만한 소소한 부분을 집요하게 바라보고 그 풍경에 감정의 미묘한 움직임을 결합시키는 천부적인 재능이 있다. 특히「모란송·1」은 '꽃그늘'과 같은 존재감이 희박한 공간이 지니는 뉘앙스를 감각적으로 살려내고 있다.

아지랑이로, 여릿여릿 타오르는
아지랑이로, 뚱 내민 배며

입 언저리가, 조금씩은 비뚤리는
질항아리를…… 장꽝에 옹기종기
빈 항아리를

새댁은 닦아놓고 안방에 숨고
낮달마냥 없는 듯기
안방에 숨고.

알 길 없어 무장 좋은
모란꽃 그늘……
어떻든 빈 하늘을 고이 다루네.

마음이 뽑아보는 우는 보검寶劍에
밀려와 보라〔飛泡〕치는
날빛 같은 꽃.
문만 열어두고
한나절 비어놓은
고궁古宮 안처럼

저만치 내다뵈는
청잣빛
봄날.

—「모란송·1」 전문

장독대에 깨끗이 씻어놓은 '질항아리'라든지 수줍음 많은 '새댁',

'모란꽃'의 이미지들은 모두 『영랑시집』에도 나오는 것들로서 한국인의 정서 생활의 중핵을 이루는 심상이라고 할 수 있다. 다시 말해 이수복이 이 시에서 그리고 있는 것은 단순히 시골집의 풍경이 아니라 한국인의 삶의 방식이라는 것이다. 있는 듯 없는 듯 살았던 새댁의 다소곳한 모습이라든지 세간을 닦고 햇빛에 말리고 하는 전통적 여성의 부지런함이 이 시에는 잘 녹아 있다. 더욱이 이수복은 그런 인고의 삶을 살았던 한국 여성이 지닐 수밖에 없었던 삶의 우수憂愁 같은 것을 '꽃그늘'의 뉘앙스로 포착해낸 것이다. 이와 같은 방식은 이동주가 한국의 풍속에서 여성의 삶을 유추해가는 방식과는 또 다른 길로 한국인의 정서 생활의 핵심에 접근해간 것이라고 할 수 있다. 이 시에 그려진 한국인의 정서 생활이란 도회의 소란스럽고 번다한 삶이 아니라 고향 마을의 날빛과 정갈한 안마당과 인기척도 없이 정밀하고, 한편으로는 꽃그늘의 우수도 있는 민족적 공통 기억 속에 존재하고 있는 삶의 방식이었던 것이다.

이수복의 서정시는 이처럼 한국인의 정서 생활을 보편 심성으로 호명함으로써 1930년대 순수시의 계보를 다시 부활시킨다. 그의 순수 서정에의 지향은 한편으로 그의 기질적 감상성과 결합하여 감상주의적 함정에 빠지기도 하지만, 다른 한편으로 한국전쟁으로 훼손된 '세계와 자아의 동일성'을 보편 심성으로의 회귀를 통해 회복하는 계기를 마련하기도 한다는 점에서 시사적인 의미를 지닌다.

3. 기질적인 것과 시인의 존재 양식 :
  「가늘은 심문心紋」에서 「낮달」에 이르는 길

　이수복은 기질적으로 연약하고 그늘진 것에 대한 애착을 가지고 있었다. 『봄비』의 전반적인 분위기를 형성하고 있는 심성도 그런 기질과 밀접하게 관련되어 있었다고 할 수 있다. 1970년대 초반에 집중적으로 창작된 「소곡小曲」 계열의 작품들도 이수복의 작고 연약하고 선이 가는 것에 대한 기질적 애착의 한 단면을 보여준다. '소곡'이라는 제목이 시사하는 것은 그의 '겸허함'만이 아니고 짧은 길이의 시, 순간적인 정서의 섬세한 포착 등을 서정시의 본질로 지향했던 그의 '시관詩觀'이기도 하다.

　이수복의 기질적인 시관은 1970년대 중반에는 「가늘은 심문」 계열의 작품들에 투영되었고, 1970년대 후반에는 「낮달」 계열의 작품들에 투영되었다. 그는 동일한 제목의 시들을 여러 편 남겼다. 「가늘은 심문」이라는 제목으로 세 편, 「낮달」이라는 제목으로 네 편의 시를 남기고 있는 것이 그 단적인 예이다. 이들 작품들은 연작의 형식을 취하고 있지는 않다. 그렇다고 해서 개작改作의 양상을 띠고 있지도 않다. 각각의 제목이 환기시키는 정서가 유사할 뿐이다. 이수복은 한 편으로 그 정서를 표현하는 데 미진하다는 생각이 들면 여기에 매달리는 습성이 있었다고 할 수 있다. 「가늘은 심문」이 1974년 7월부터 1975년 11월 사이에 집중적으로 발표되었고, 「낮달」이 1979년 7월부터 1980년 6월 사이에 집중적으로 발표되었다는 점만 보아도 이수복이 하나의 모티프에 사로잡히면 상당 기간 동안 거기에 매달려 살았다는 것을 알 수 있다.

　「가늘은 심문」 계열의 작품들과 「낮달」 계열의 작품들은 모두 이수복의 존재 양식을 표현한 작품들이다. 「가늘은 심문」의 '가늘은'이라는 형

용사는 유약柔弱한 것에 대한 그의 기질적 애착과, 세정을 섬세하게 그려
내는 그의 시적 특성이 만나는 지점을 상징적으로 보여준다. 「낮달」도
비슷한 맥락을 가지고 있지만 거기에는 낮에 떠 있는 달 특유의 있는 듯
마는 듯한 희미한 존재감이라는 맥락이 덧붙여져 있다.

「가늘은 심문」은 '심문'에서 유추해볼 수 있듯이 마음의 상태, 내면
의 무늬를 노래한 것인데, 그것이 관념의 직서直敍가 아니라 하나의 자연
현상에 시적 자아의 정서를 투사함으로써 정서를 구상적으로 이미지화
하여 보여준다는 점에서 서정시의 전형성을 띠고 있다.

꽃잎이
한잎
빠그금 문을 밀고
내다보는

문턱
어둔
밑.

굽은 벼랑 끝 된서리 기운조차가
(포개어져 감도도다.)

이쁜 신발
(꽃잎 한잎)
벗어두고
(꽃잎 두잎)

손 미치지 못할 데로 떨어져버린, 그

부신 매무시가

또 저 끝서 요요히 흔들리거니⋯⋯

문턱 어둔 밑,

─「가늘은 심문」(《현대문학》, 1974. 7.)

이 시에서 시적 자아가 눈여겨보고 있는 것은 보통 사람들이 무심코 지나치는 '문턱 어둔 밑'이다. 그런 점에서 이 시는 '섬돌 엷은 그늘'을 노래했던 「실솔」의 감성에 이어져 있다. 시적 자아가 '문턱 어둔 밑'을 주시하는 것은 사실 제1연의 '꽃잎' 때문이다. 제1연에서는 '꽃잎이 한 잎' 얼굴을 내밀고 있는 모습으로 그려져 있지만 마지막 연에 이르러서는 그 꽃잎이 곧 떨어지려는 것처럼 흔들리고 있는 꽃잎으로 형상화되고 있다. 다른 꽃잎들은 이미 '서리 기운'(제3연)에 떨어져 '문턱 어둔 밑'에까지 날려 와 있었던 것이다. 그 낙화의 처연한 아름다움을 신발을 벗어두고 떨어지는 죽음으로 보는 데는 우리 민족적 기억의 공명통을 울리는 감수성의 번뜩임이 있다. '손 미치지 못하는' 죽음의 세계로 요요히 흔들리는 꽃잎의 '부신 매무시'를 보아내는 감각은 우리 시사詩史에서도 그에 비견할 만한 예를 쉽게 발견하기 어려울 만큼 정묘하다.

그 '매무시' 같은 것을 '마음의 무늬'로 옮기는 것이 「가늘은 심문」계열의 한 작시 방법이었다고 한다면, 여기서 '가늘은'이란 '죽음'과 같은 것에서 '요요한 아름다움'을 보는 시인 자신의 유약해진 마음을 형용하는 동시에 시의 외형적 맵시마저를 그 마음과 상동적인 것으로 표현하고자 하는 기획을 담지한 수사라고 할 수 있을 것이다.

「가늘은 심문」에서 「낮달」로 이어지는 시적 도정은 이수복에게는 노년으로의 진입을 의미하는 것이었다. 그가 원래 어둡고 희미하고 서러운 것들에 친연성을 띤 시들을 써왔지만 「낮달」 계열의 시들은 백일하白日下에서 점점 빛 속으로 잦아드는 그 자신의 희미한 존재감이 은연중 반영된 작품들이었다.

초사흘 밤은
더욱 더욱 말씀으로 입을 다문다.
초저녁 시울가지가 여릿 휘고
강물을 거슬러 오르는 밀물로
숲 속 쑤꾸기가 자지러지게 울리나
그윽 실린 봄 못물이
고운 살결을 몰래 비추나
휴일休日 한나절은 길이 바쁘다
말벗도 없이 가는 길이……
크낙한 동그라미의 원심圓心과는
한발 더 멀어지려는 원심遠心
작업으로

—「낮달」(《월간문학》, 1979. 7.)

이 시에는 '圓心'과 '遠心'으로 표상되는 두 가지 모순되는 감정이 공존하고 있다. 제1연의 '초사흘 밤'이나 '시울가지의 휨', '밀물 현상'과 '쑤꾸기 울음' 등은 시정詩情의 충일감을 고양하는 동시에 초사흘 달이 보름달로 차오르는 "크낙한 동그라미의 원심圓心"의 과정을 그 충일감의 아날로지로 보여준다. 반면 그 '원심'에의 과정은 "입을 다문다"(제1연 제2행)에서 보여지듯이 묵언계를 연상케 하는 구도자적 인내를 필요로 한다. 그 인내의 과정은 시적 충일감이 밖으로 새나가지 않게 하면서도 구도자를 "말벗도 없이 가는" 고독한 존재가 되도록 강요한다. 그 구도자적 행로의 지난함, '낮달'이 서서히 백일白日의 하늘 속으로 사라지는 광경의 쓸쓸함, 존재의 비애가 '원심遠心'으로 표현되었다고 할 수 있다.

한편 이수복은 이 '원심遠心'의 벡터를 '작업' (마지막 행)으로 보고 있는데, 그것은 '시'의 길이 그에게는 그만큼 지난하고 쓸쓸하고 비애가 섞인 작업의 길이었음을 고백한 것으로 풀이된다. 세상은 시인의 존재와는 무관하게 '휴일'처럼 평화롭기만 한데, 시인의 마음은 시심으로 분주하기만 하다. 시인이란 언제나 세상의 자극에 대해 민감하게 반응해야 하는 존재이기 때문에 늘 긴장을 유지하고 있어야 하는 것이다. 세상이 온통 햇살 속에서 흥성스러울 때도 시인만은 어두운 세계의 서러운 이야기들을 기억해야 하는 존재로서, 마치 백일하의 낮달처럼 살아야 한다. 이수복이 "슬픔은/와닿을 길 없이 높은 주소"(「낮달」,《현대문학》, 1980. 6.)라고 한 것도 이 낮달의 물리적 높이를 의미론적으로 시인의 존재적 고독에서 기인하는 난관으로 투사한 것에 다름 아니다.

4. 자기 반성적 벡터: 「돌 서정」의 의미

이수복은 자신의 감상적 기질에 대해 잘 알고 있었고 그것이 시작詩作에 방해가 된다고 생각했다. 그것은 등단 초기부터 그를 시적으로 위축시켰고 결국 『봄비』 이후 시집을 더 묶지 못하게 한 결정적인 이유가 되었다. 「당선 소감」에서 그는 한 '시락골댁의 이야기'를 한다. 시삼촌뻘 되는 사내에게 겁박당해 아이를 임신한 과수댁이 남의 이목이 두려워 아이를 지우려고 여러 번 시도를 했지만, 결국 절름발이 아들을 낳았다는 것, 장거리에 약방을 낸 그 절름발이 아들을 장날이면 반백이 된 그 시락 골댁이 찾아오던 것을 시인이 보곤 했다는 것이었다. 이수복은 시를 쓸 때마다 이 기구한 이야기가 떠올라 시작에 애를 먹는다고 「당선 소감」에서 고백한 바 있다.

자신의 감상적 기질에 대한 그와 같은 걱정은 『봄비』 소재所在의 여러 시편들에서도 발견된다. 이수복은 "내 시는 왜 노을에 비끼는 고원지대를 노을에 비끼는 고원지대 그것으로서만 서경敍景하지 못할까. 거기에다 왜 무슨 천고의 비밀이라도 쭈굴시고 앉아서 새김질하고 있는 듯한 스핑크스나 그런 류의 저무는 표정을 새기려고만 들까"(「그 나머지는」)라고 직접적으로 자기 시적 성취에 대한 불안을 서술하기도 했다. 「MOSAIC 작업」「그 나머지는」「황토산에서」 등과 같은 산문시들은 '세정'을 중심으로 한 그의 선이 가는 서정시류에 대한 자신 없음이 형식의 변화로 표출된 결과였다. 「……아려 앓다 자다」나 「풍우석風雨夕」은 형식보다는 소재나 내용 면에서 도회적인 분위기나 풍자에 의탁함으로써 변화를 주어보려고 한 시도였다. 그러나 이들 작품들은 이수복의 기질이 투영된 세정의 서정시들에 비해 음악성이 현격히 떨어지고 지나치게 쇄말적인 풍경에 집착하는 경향을 보이는 등 한계가 있었다.

이수복의 자기 반성적 벡터 중에서 가장 주목되는 것은 「소상塑像」을 비롯한 '돌'을 모티프로 한 시들이다.

이번 출품할 때는
지치잖고 밀고 나갈
팔과 다리와……

햇대추 빛 근육을 쪼아내고야,

새 언어

역학力學에 자양된…….

꽃잎. 꽃잎. 꽃잎.

섭리 좇아 웃고 비끼는……

대리석 파편이 꽃잎처럼 져

땅에 도로 스미면서야

돌을

뚫고

온

저음의

등신대

영웅,

'말'을 안 타는…….

—「소상塑像」부분

　'돌'은 차고 단단한 성질이라는 점에서 '꽃그늘'과 같은 희미하고 연약한 성질의 모티프와는 구별된다. 「소상」의 '돌'은 「모란송頌」의 '안방에 숨은 새댁'의 여성성과는 대비되는 호방한 남성성의 '영웅'으로 깨어난다. 새 언어의 조탁을 통해 "지치잖고 밀고 나갈" 추진력과 '근육筋肉'의 생명력을 얻게 된 것이다. 여기서 '새 언어'란 「그 나머지는」에 나오는 '저무는 표정'에 대비되는, 서럽고 슬픈 이야기에 끌리는 기질에서 나오는 언어에 대비되는 힘 있는 남성적 언어라고 할 수 있다.

　이수복은 차고 단단한 돌로부터 영웅의 조상彫像을 깨어나게 하는 과정을 통해 새로운 언어로 남성적이고 호방한 '저음의' 시를 깎아내는 시작의 과정을 묘사하고자 했다. 특히 그렇게 깎인 조상을 '등신대'로 세움으로써 '저음의 시'를 통해 온전한 시인으로 거듭난 자신의 자아상을 확립하고자 했다고 할 수 있다. 돌은 예로부터 본연의 성질 때문에 자기 self의 상징에 적합하다고 생각되어 왔다. "인간은 모든 점에서 돌과는 다르지만, 인간의 아주 내적인 중심은 이상하고도 특별한 의미로 돌을 닮았다. (중략) 돌은 아주 단순하면서도 아주 깊은 체험, 다시 말하자면 인간이 불사불변의 존재라고 느끼는 순간 경험하는 영원한 체험 같은 것을 상징하고 있다."라고 한 M. L. 폰 프란츠의 말은 이와 같은 해석에 힘을 실어준다.

30년 가까이 되는 그의 시작 인생을 통틀어서 이수복이 「소상」에서만큼 당당했던 적은 결코 없었다. 「소상」이 『봄비』의 가장 마지막에 실린 작품이라는 점은 그가 「소상」과 같은 감정이 절제된 시에서 시적 활로를 모색하고 있었던 것은 아닌가 하는 추측을 가능케 한다. 그러나 「소상」의 '돌' 모티프는 「돌 서정」에 이르면 그 의미가 사뭇 달라진다.

파르스름 도는
구름 기슭으로
여윈 돌이
휘파람을 날린다.
마도로스 파이프를 닦으면서.

'아픈 의원처럼
겸허하이, 하늘은……'

길든 파이프를 닦는 참은
가을
그리움과 그림자를
매만지는 참.

스스로의 휘파람 소리를
스스로가 음미할 줄 안다, 돌은……
부끄러워지는 선율도 많고
어쩔 수 없는 선율도 있고.

단절해버리겠다고
돌아서버리던 짓도
어쩔 수 없다면 어쩔 수 없었다.

— 「돌 서정」(《현대문학》, 1976. 12.)

이 시에서도 '돌'은 여전히 '자기'의 상징이다. 그러나 이 시에서의 '돌'은 「소상」에서의 등신대의 영웅상이 지니고 있는 차고 단단한 물질성이 박탈되어 있다. 「돌 서정」의 '돌'은 김영랑의 시에 나오는 '향맑은 옥돌'(「43」, 『영랑시집』)처럼 지극히 내면화된 상태로 제시된다. 「소상」에서 시적 자아는 '돌'을 정으로 치고 깎아서 입상을 만들지만, 「돌 서정」에서 시적 자아는 '돌'의 '휘파람 소리'를 듣고 있을 따름이다. 게다가 「돌 서정」의 '돌'은 '여윈 돌'로서 「소상」의 영웅상에 비해 왜소하고 초라해 보인다.

시적 자아는 '돌'이 되어 스스로의 '휘파람 소리', 곧 자신의 시에 대해 음미한다. 이미 "그리움과 그림자를/매만지는" 것으로 시적 자아는

「소상」의 세계가 지향하는 감정의 절제를 위반하고 있다. 그런 의미에서 '휘파람 소리'는 이수복 시가 일정한 성공을 거둔 기질적 서정시의 가락으로의 회귀를 암시하고 있는 것처럼 보인다. 마지막 연의 '단절'과 '돌아섬'에 대한 회고는 기질적 서정의 세계에 대한 자기반성의 순간을 재현한 것이다. 그 회고가 어쩔 수 없다면 어쩔 수 없었다는 운명론적 수긍의 형식을 띠고 있다는 점에서 이수복은 「소상」의 시도가 그때에는 필연적인 선택이었지만 결과적으로 성공하지 못했음을 시인한 셈이다.

이수복 시의 감상성은 그의 시 세계를 소품 위주의 세정과 수심愁心의 세계로 기울게 하기도 했지만 오히려 그 방면에서 이수복은 일가를 이루며 우리 시사 속으로 확고하게 진입하게 된다고 할 수 있다. 「소상」과 「돌 서정」의 격차는 시인 자신이 그와 같은 시사적 맥락을 찾아가는 것이 얼마나 어려운 일인가를 새삼 말해주고 있다.

5. 맺음말

이수복은 1955년 등단한 이래 30년 가까이 문학의 현장에 머물며 100여 편 이상의 시를 발표했다. 그는 1930년대 김영랑을 중심으로 한 시문학파의 순수시를 계승·발전시킨 세정의 서정시로 1950년대 우리 시단에서 일가를 이루었다. 흔히 1950년대 시단은 1930년대 김기림·이상 등의 모더니즘을 계승한 새로운 모더니즘이 주조를 이룬 것으로 설명되곤 하지만, 기실 1950년대 시단은 모더니즘에서만이 아니라 전통 서정시의 맥락에서도 1930년대의 문학적 성과를 계승·발전시켰다. 1950년대 새롭게 등장해 전통 서정시의 흐름을 주도했던 신인들은 주로 청록파나 미당 서정주의 영향을 받았는데, 이수복은 오히려 김영랑의 음악적인 시들에 영향을 받았다. 그런 의미에서 1930년대와 1950년대 서정시의 시사적인 연속성을 가장 직접적으로 체현한 것이 바로 이수복이었다고 할 수 있다.

이수복의 세정이나 기질적인 우수의 세계는 1950~60년대를 풍미했던 전통론의 맥락에서도 그 나름대로의 전통에 대한 분명한 입장을 드러낸 것이었다. 그는 가장 전통적인 것을 세정에서 찾아가고 있었던 것이다. 그러나 그는 그의 기질적인 감상성이 자신의 시를 망치고 있다는 불안감으로부터 자유롭지 못했다. 그것이 『봄비』 이후 더 이상 시집을 엮지 못한 가장 큰 원인이었다. 이수복은 차고 단단한 '돌'을 쪼고 다듬는 석공과 같은 자세로 그의 기질적인 감상성을 극복하려고 하기도 했다. 그러나 그러한 시도들은 번번이 실패로 돌아갔다. 「가늘은 심문」이나 「낮달」 계열의 작품들은 그의 존재 양식을 오히려 기질적인 감상성에서 탐구한 결과로 나온 것들이라 할 수 있다.

이수복의 기질적 감상성이 그의 시 세계의 폭을 매우 협소하게 만든 것은 피할 수 없는 사실이다. 그러나 그와 같은 세정과 우수의 세계가 오히려 1950년대 등장한 다른 신인들과 이수복을 구분 짓는 가장 큰 개성이 된 것 역시 부인하기 어렵다. 「모란송 · 1」이나 「실솔」 등 그의 서정시 몇 편에 담긴 감정선의 섬세한 움직임은 우리 시사에서 유래를 찾아보기 힘든 집요한 관찰력과 감수성의 소산이라는 점도 이수복을 시사적으로 재조명하는 데 결코 빠뜨릴 수 없는 부분이다. 그동안 이수복에 관한 연구는 그의 시 세계를 전반적으로 조망할 수 있는 자료의 미비로 인해 학계의 외면을 받아왔는데 이 논문을 계기로 이수복 시에 관한 연구가 활기를 띨 수 있었으면 하는 바람이다.

1924년 전라남도 함평 출생. 목포시에 있는 문태중학교를 졸업한 후 서울대학교 예
    과豫科를 마침. 1950년대 중반 무렵 조선대학교에서 시간강사로 강의하다가
    1963년 조선대학교 국어국문학과 3학년에 편입해 1965년 졸업.

1954년 서정주에 의해 시 「동백꽃」이 《문예》에 추천되고, 1955년 「실솔」「봄비」가
    《현대문학》에 추천되어 등단.

1955년 전라남도 문화상 수상.

1957년 현대문학상 신인상 수상.

1969년 시집 『봄비』 상재.

1986년 사망.

1994년 광주시 사직공원에 「봄비」 시비 건립.

■ 『봄비』 이전 발표작 연표(『봄비』에 실리지 않은 시)

1957년 「꽃의 출항」 외 2편, 《현대문학》 6월

1959년 「황국미음」, 《현대문학》 1월

「융동십사행」, 《현대문학》 7월

「가을에」, 《현대문학》 10월

1962년 「바다의 율동」, 《현대문학》 9월

「황소 사설」, 《현대문학》 12월

1963년 「목포항 은행나무」, 《현대문학》 6월

「지리설」, 《현대문학》 11월

1964년 「나목」, 《현대문학》 4월

1965년 「다리」, 《현대문학》 10월

1966년 「돌멩이나처럼」, 《현대문학》 2월

■ 『봄비』

1969년 「실솔」 외 33편

■ 『봄비』 이후 발표작 연표

1969년 「윤삼월」, 《현대문학》 3월

「여름 의장」, 《현대문학》 외 1편 10월

1970년 「눈 오는 밤」, 《현대문학》 3월

「소곡」, 《현대문학》 7월

「작도」, 《현대문학》 9월

1971년 「귀뚜라미」, 《현대문학》 1월

1972년 「이명」, 《월간문학》 1월

「주조음」 외 4편, 《현대시학》

「뒤쫓고 있는」 외 1편, 《시문학》 3월

「숨소리」 외 2편, 《시문학》 5월

「소곡」외 1편, 《시문학》8월

1973년 「소곡」, 《현대문학》1월

「잎무늬」, 《현대시학》6월

「눈의 달」, 《월간문학》7월

「햇살」, 《시문학》8월

1974년 「구름의 상」외 1편, 《시문학》4월

「별이 돋기까지, 《현대문학》4월

「가늘은 심문」외 1편, 《현대문학》7월

「추일」, 《현대문학》11월

1975년 「눈 서정」, 《한국문학》1월

「별」, 《월간문학》2월

「구름의 상」외 4편, 《현대문학》5월

「향로」외 2편, 《시문학》5월

「가늘은 심문」, 《한국문학》11월

1976년 「연근단면」, 《현대문학》5월

「돌 서정」, 《현대문학》12월

1977년 「메아리」, 《현대문학》5월

「향배」외 1편, 《현대문학》11월

1978년 「가을날」, 《현대시학》1월

「파도」, 《현대문학》6월

1979년 「말」, 《현대문학》1월

「풍경」, 《시문학》7월

「낮달」, 《월간문학》7월

「파도」외 2편, 《현대문학》8월

「낮달」외 2편, 《현대문학》12월

1980년 「낮달」, 《현대문학》6월

「백자 연뽕연수」, 《현대문학》10월

1981년 「아침」외 1편, 《현대문학》1월

「산성」, 《현대문학》10월

한국문학의재발견-작고문인선집

이수복 시전집

지은이 ㅣ 이수복
엮은이 ㅣ 장이지
기　획 ㅣ 한국문화예술위원회
펴낸이 ㅣ 양숙진

초판 1쇄 펴낸날 ㅣ 2009년 1월 15일

펴낸곳 ㅣ ㈜**현대문학**
등록번호 ㅣ 제1-452호
주소 ㅣ 137-905 서울시 서초구 잠원동 41-10
전화 ㅣ 516-3770
팩스 ㅣ 516-5433
홈페이지 www.hdmh.co.kr

값 10,000원

ISBN 978-89-7275-517-3 04810
ISBN 978-89-7275-513-5 (세트)